Edition Argo
Weisheit im
Abendland

Herausgegeben von
Konrad Dietzfelbinger

Karl
von Eckartshausen
Kostis Reise

von Morgen gegen Mittag

Eine Reisebeschreibung

aus den Zeiten der Mysterien, mit wichtigen
Bruchstücken der Wahrheit belegt und anwendbar
für die Gegenwart und die Zukunft

Edition Argo
Weisheit im Abendland

Dingfelder Verlag

Ausstattung Werner Rebhuhn

© 1987 O. & R. Dingfelder Verlag, Inhaber: Gerd Gmelin, 8138 Andechs
Neu herausgegeben und eingeleitet von Konrad Dietzfelbinger
Gestaltung: Werner Rebhuhn
Satz und Druck: Jos. C. Huber, Dießen am Ammersee
ISBN 3-926253-08-8 Ebr
ISBN 3-926253-09-6 Ln

Einführung des Herausgebers

„Trachtet ein lebendiges Organ der Gottheit zu werden, durch die sie ihre Liebe, Wahrheit, Weisheit, Güte, Gerechtigkeit und Ordnung ausspricht, und ihr werdet euch glücklich preisen, und euer Geist, befreit von Blendwerken und Irrtümern, wird den großen Zweck seiner Bestimmung kennenlernen."

Wer ist Kosti? Was will Kosti? Kosti ist ein Mensch, der in sich das Verlangen trägt, die Wahrheit über die Bestimmung des Menschen zu finden und diese Bestimmung zu erfüllen. Er will dies ohne Bedingung und Vorbehalt. Er ist bereit, sein Leben diesem Ziel unterzuordnen.

Er wird uns als indischer Königssohn vorgestellt, der einst ein Reich zu regieren haben wird. Wenn diese Regierung erfolgreich sein soll, muß er auch ein innerer König, das heißt Herr über seine Leidenschaften werden – nur dann kann er über andere herrschen.

Das innere Königtum ist entscheidend. Jeder ist innerlich König, der Herr über sich ist. Dann haben ihn die „Götter", die Kräfte eines höheren Lebens, „zum König gesalbt", auch wenn er äußerlich keine Krone trägt.

Kosti ahnt: „Unsere Bestimmung ist das Ringen nach Licht; und wenn es gefunden ist, andere dem Licht näherzuführen." Die Erringung des Lichtes ist gleichbedeutend mit dem inneren Königtum. Wer im Licht lebt, ist weise, ein König über seine Leidenschaften.

Wenn Kosti nach diesem Königtum verlangt, so ist ihm dies möglich, weil er seiner Anlage nach ein König ist. Er ist ein „lichtfähiger" Mensch, nur deshalb sehnt er sich nach dem Licht, deshalb kann er es erringen.

Ist ein Mensch mit einer solchen Anlage und einem solchen Ziel für den Menschen der Gegenwart interessant oder gar vorbildlich? Können wir mit einem „Mysterienweg" etwas anfangen, der weltfremd, ja märchenhaft zu sein scheint? Gibt es diesen Mysterienweg überhaupt?

Wir sind bestrebt, unser Leben aktiv zu gestalten, zu verbessern, uns im Gegebenen einzurichten. Könige wollen wir nicht sein, sondern Menschen, die sich selbst verwirklichen, selbst erfahren, allenfalls ihr Bewußtsein erweitern. Aber ein inneres Königtum erringen, Weisheit erlangen, Herr über die Leidenschaften werden? Das klingt uns fremd.

Könnte es jedoch nicht sein, daß in unserem Drang nach Selbstverwirklichung, Glück, Bewußtseinserweiterung ein Ungenügen an all unseren Gestaltungs- und Verbesserungsversuchen im eigenen Leben und in der Umwelt zum Ausdruck kommt, eine Ahnung, daß durch alle Verbesserungen doch nichts Entscheidendes erreicht würde? Daß in unserem Drang nach Selbstverwirklichung eine Anlage zum Königtum, zu einem höheren Leben, die „Lichtfähigkeit", sich geltend macht, ohne daß wir jedoch wüßten, welchen Weg wir zur Entfaltung dieser Anlage einschlagen müßten?

„Kostis Reise" ist eine genaue Schilderung dieses Weges: der Erkenntnisse, die er vermittelt, der Zustände, in deren Abfolge er besteht, der Richtungen, die er nehmen muß, wenn er zum Ziel führen soll. Es ist ein Weg, der zu allen Zeiten im Rahmen von Mysterienschulen gegangen worden ist und auch heutzutage möglich ist, vorausgesetzt, der Mensch geht von der Anlage zum Königtum der Weisheit und Herrschaft über die Leidenschaften aus und erfüllt die notwendigen Bedingungen. Die Merkmale dieses Weges sind immer die nämlichen, die Ausgestaltungen und die Symbolik bei seiner Darstellung sind unzählige. Eine durch besondere Farbigkeit und Dramatik ausgezeichnete Art der Schilderung wählt Karl von Eckartshausen in der vorliegenden Erzählung.

Schon diese Art der Darstellung ist für den modernen Menschen in ihrer Bildhaftigkeit und Allegorik nicht leicht zugänglich. Er ist gewohnt, die Dinge beim Namen zu nennen und Tatsachen sprechen zu lassen. Was, so wird er fragen, habe ich mit Memphis und seiner Pyramide, mit Priestern in Tempeln und Einsiedlern im Walde zu schaffen? Wir müssen daher, um die Erzählung zu verstehen, die Symbole und Allegorien auf ihren Realitätsgehalt hin abfragen. Dabei werden wir entdecken, daß jedes noch so märchenhafte Bild, jede noch so räumlich und zeitlich entfernt scheinende Situation auf Kräfte und Zustände hinweist, die real im Bewußtsein und Sein jedes Menschen, auch des Menschen der Gegenwart, auftauchen können und somit durchaus erfahrbare Tatsachen wiedergeben. Nicht umsonst steht im Untertitel: „anwendbar für die Gegenwart und die Zukunft."

Es gibt in der Erzählung zunächst eine – scheinbar – ganz reale Ebene, auf der es mit natürlichen Dingen zugeht: Kosti reist, trifft Reisegefährten, gelangt nach Memphis, sieht dort die Pyramide und verschiedene Tempel. Unvermittelt begegnen ihm aber Zauberinnen, prächtige Tempel stehen plötzlich am Wege mitten in der Wildnis. Diese zweite Ebene der Erzählung geht offensichtlich ins Märchenhafte. Eine dritte Ebene sind von Priestern vollzogene, absichtlich ins Werk gesetzte Zeremonien mit symbolischem Sinn, wobei innerhalb der Zeremonien ebenfalls Realistisches mit Märchenhaftem abwechselt.

Wie im Märchen ist nun aber auch die reale Ebene nicht die eines historischen oder biographischen Berichtes: sondern alle konkreten Ereignisse und Dinge sind Sinnbilder, Zeichen für innere Lebensvorgänge, die nicht weniger real sind als äußere Gegebenheiten. Daß Kosti ein Königssohn ist, soll zwar durchaus als äußere Tatsache genommen werden: er muß sich auf die Herrschaft in sei-

8

nem Reich vorbereiten und lernen, wie ein Staat regiert wird. Gleichzeitig ist es aber auch eine innere Tatsache. Kosti ist der Typus eines Lichtträgers und Lichtsuchers, der zu einem höheren Leben bestimmt ist, so wie im Märchen der ausziehende Königssohn jeden Menschen repräsentiert, der ein geistiges Königtum verwirklichen will. Und die Reise selbst und ihre Stationen sind ein innerer Weg und seine Phasen, die jeder Mensch durchlaufen muß, der das Licht sucht. Wie im Märchen die zwei älteren, weltklugen Brüder eben wegen ihrer Weltklugheit versagen, so hier der persische Prinz, der eine Weile mit Kosti reist und im Gegensatz zu ihm aus Willensschwäche und Genußsucht wieder umkehrt. Wenn die Abgesandten der weltlichen Macht Kosti zu ermorden suchen, so ist das in irgendeiner Form die Erfahrung jedes Menschen, der sich vom Einfluß der Welt freimachen will. Von innen oder außen treten Kräfte an ihn heran, die die geistigen Impulse in ihm zu töten versuchen.

Sind schon die ganz natürlichen Vorgänge in der Erzählung als Hinweise auf allgemeine innere Lebensvorgänge zu nehmen, so erst recht die „übernatürlichen" Erscheinungen. Richtig verstanden sind sie in der Tat das Natürlichste von der Welt. Die „Sinnlichkeit" z. B. (hierunter versteht Ekkartshausen die Ausrichtung des Menschen auf das bloß materielle, „sinnlich" wahrnehmbare Leben) kann den Menschen wie eine Zauberin in ihr Netz verstricken, mit betörenden Worten und aufreizender Schönheit. Sie ist die Gegenkraft zum Streben nach Herrschaft über die Leidenschaften, in und außerhalb des Menschen.– Das Ungeheuer, welches das Böse repräsentiert, verhält sich ebenso mörderisch, wie Gewalt und Fanatismus in der Welt wirken.

Sind die „übernatürlichen" Wesen Verkörperungen seelischer und geistiger Kräfte, so sind die auf „übernatürliche" Weise auftauchenden Situationen und Gebäude Zeichen für Seelenzustände und Orte, an denen sich diese Zustände entfalten können. So zeigt der Tempel der Weisheit, der plötzlich auf einem Berge sichtbar wird, eine Sphäre des reinen, von Spekulationen und Interessen unbefleckten Denkens und Fühlens an, in die der Mensch eintritt, wenn er von Spekulationen und Interessen geläutert ist. Diese Sphäre ist dann sowohl in ihm als auch in entsprechenden Menschen außerhalb von ihm.

Von besonderer Bedeutung sind die Zeremonien, die von Priestern oder Weisen veranstaltet werden und Kosti mit Sinnbildern umgeben oder ihn in bedeutungsvolle Handlungen einbeziehen. Sie haben den Zweck, ihm innere Kräfte und Vorgänge bewußt zu machen oder ihn in eine Atmosphäre zu versetzen, in der diese Bewußtwerdung möglich ist. Sie sind keineswegs willkürlich, sondern entsprechen genau den Entwicklungsschritten dessen, der auf dem Weg zur Weisheit ist.

10

Und selbstverständlich entsprechen sie als Bild immer genau der Art der Kräfte und Vorgänge, die sie vorstellen. Sie können ebenso rasch aufeinander folgen, wie Seelenzustände aufeinander folgen: höchster Enthusiasmus, wie ihn Kosti vor der Göttin der Weisheit erlebt, kann in Sekundenschnelle der tiefsten Ernüchterung weichen, die ihn angesichts der Realität seines von Vorurteilen und Leidenschaften bestimmten Daseins befällt. Analog dazu versinkt er in ein dunkles Grab, und wie ein über ihm lastendes Gewölbe empfindet er die „Rinde" der Irrtümer und Laster der Menschen, die ihm den „Anblick des reinen Lichts der Vernunft" im eigenen Bewußtsein rauben.

Wenn diese Zeremonien als „Einweihungen" bezeichnet werden, so ist klar, daß Einweihung hier nichts mit Wissen zu tun hat, das mitgeteilt und gelernt werden kann, sondern mit neuen Erfahrungen. Eine „Einweihung" in die Geheimnisse eines höheren Lebens kann nur erfolgen, wenn eine Wesens- und Bewußtseinsveränderung stattgefunden hat, die diesem höheren Leben entspricht. Erst ein verändertes Denken, Fühlen und Leben schafft die Voraussetzung zur Wahrnehmung der Mysterien, die eben nur für ein von Vorurteilen bestimmtes Denken, von Leidenschaften erregtes Fühlen und von Gewohnheiten geprägtes Leben Mysterien sind. Eine „Einweihung" muß also von innen her erfolgen, ist ein Erkenntnisschritt auf dem Weg zum Licht, und keine äußere Zeremonie kann die reale innere Entwicklung ersetzen – höchstens begünstigen, begleiten, illustrieren und bestätigen. Dies wird auf der letzten Stufe des Einweihungsweges von Kosti besonders deutlich, als er nämlich wirklich in die Sphäre der Weisheit eintritt: da verschwinden alle äußeren Symbole, zum Beweis, daß sie nicht wesentlich sind und nur didaktische Bedeutung haben.

Nun ist es möglich, Kostis Weg von Morgen gegen Mittag nachzuvollziehen, besser: von Mitternacht gegen Mittag. Denn die innere Anlage zum Königtum ist zunächst nur wie ein Funke, der in der Dunkelheit des gewöhnlichen Bewußtseins glüht. (Gegenläufig dazu ist der Augenblick der Mitternacht des Geistes gerade der Höhepunkt des auf das äußere Leben gerichteten Bewußtseins; für dieses Bewußtsein ist Mittag.) Jetzt aber erwacht der Geistfunke allmählich zum Leuchten, ahnt seinen Morgen und strahlt schließlich als Weisheitssonne hell wie der Mittag. Umgekehrt nimmt die Außenorientierung des Bewußtseins ab bis zum Erlöschen, zur Mitternacht.

Der Funke des Geistes, das neue Bewußtsein, durchläuft fünf Stufen, die jeweils durch neue Seelenzustände und -kräfte, aber auch durch Konfrontation mit den alten Zuständen und Kräften gekennzeichnet sind.

Die erste Stufe, der Ausgangspunkt, steht unter dem Zeichen der Einsicht. Wer einen solchen Weg beginnt, muß die Wahrheit fühlen, seine Bestimmung kennen und wissen, daß ihm Kraft für diesen Weg zuteil wird, wenn er sein Ziel nicht aus den Augen verliert. „Die Kraft des Guten wird dich nie verlassen, solange du gut bist." Von einem „Berg" aus, dem Ort der Übersicht, beginnt die Wanderung.

Schon tritt Kosti die erste Versuchung in den Weg: die größte Feindin der Weisheit ist immer die Zauberin Sinnlichkeit, der Wunsch nach Genuß, Bequemlichkeit oder auch materiellem Erfolg. Sie wartet nicht nur mit Verführungskünsten auf, sondern auch mit Argumenten: „Du bist erschaffen zum Genuß, aber nicht zur Arbeit." Glück ist die Bestimmung des Menschen. Der Weg der Weisheit „fordert von dem Menschen Dinge, die nicht in seiner Natur liegen" – Argumente, die zeitlos sind und in immer neuem Gewand auftreten, wo ein Mensch sich entschließt, einer zaghaften inneren Stimme zu folgen, die ihn zum inneren Kampf um ein höheres Glück ruft. Mit Hilfe seines Genius, seiner höheren Einsicht, besteht Kosti diese Versuchung und flieht die „Sinnlichkeit".

Die zweite Stufe des Weges steht unter dem Zeichen der Demut, die Kosti in der Person eines Einsiedlers in der Wildnis begegnet. Die Demut ist der Schlüssel zur Weisheit. Denn Weisheit wird dem Menschen nur zuteil, wenn er ganz ruhig geworden ist, in reinem Verlangen, die Wahrheit zu hören. Diese Ruhe ist die Lösung von allem Stolz, der meint, selbstherrlich Urteile fällen zu können, von allen Leidenschaften, die ungerechtfertigte Antipathie und Sympathie erzeugen, von allen eingefahrenen Gewohnheiten, die Scheuklappen vor der Wirklichkeit sind. Weisheit ist die Wahrnehmung der Wirklichkeit, wie sie ist, in ihren höheren und niederen Aspekten. Die Wahrnehmungsorgane: die Sinne, das Denken und das Gefühl, müssen daher objektiv sein, ehrfürchtig, ungestört von subjektiver Kritik, Emotion und Überheblichkeit.

Diese ruhige Objektivität ist die Demut, die notwendig aus der Einsicht in die Bestimmung des Menschen folgt. Ihre Feindin ist die Selbstliebe, weshalb denn Kosti in diesem Abschnitt seiner Entwicklung auch mit dem Tempel der Selbstliebe konfrontiert wird.

Er betritt dann auf der Basis der Einsicht und Demut den Tempel der Weisheit und will sich der Göttin der Weisheit nähern. Da wird er gewaltsam wie von einer Mauer zurückgeworfen und versinkt in der Finsternis. Er erfüllt noch nicht alle Voraussetzungen, um die Weisheit erfahren und ertragen zu können. Er hatte in begeistertem Selbstvertrauen geglaubt, jetzt schon der Weisheit teilhaftig werden zu können. Doch muß er nun demütig die bittere Wahrheit hinnehmen: „Du bist noch nicht eingeweiht", bist noch nicht geläutert und rein. Durch ein äußeres Erlebnis wird ihm gezeigt, daß er sich innerlich wie in einem Grab befindet, in dem drei Tote liegen, die er selbst ermordet hat.

14

Die drei „Toten" sind die eigenen höheren Kräfte des Verstandes, des Herzens und des Handelns. Sie sind durch Vorurteile, Leidenschaften und schlechte Gewohnheiten in ihrer Wirksamkeit so beeinträchtigt, daß sie wirklich wie „tot" sind. Der dreifache höhere Mensch, der König im Menschen, ist vernichtet. Er kann wieder auferweckt werden, wenn die Mörder ihrerseits vernichtet werden. Dazu bedarf es eines reinen Willens.

Daher steht die dritte Stufe des Weges zum Licht unter dem Motto: „Er sucht das Licht mit reinem Willen."

Die entscheidende Prüfung dieses Willens soll in der großen Pyramide von Memphis erfolgen, wohin Kosti sich nun aufmacht. Memphis ist die Andeutung für die Mysterienschule selbst, in der alle Weisheit von reinen Priestern bewahrt wird. Sie halten die Verbindung zwischen dem Universellen Geist und der Menschheit aufrecht. Memphis in Ägypten ist eine Begegnungsstätte zwischen dem seinem Königtum nachstrebenden Menschen und dem Universellen Geist, Ort der Reinigung, Betrachtung und Vereinigung mit der Weisheit. Solche Begegnungsstätten sind an keine Geographie oder geschichtlichen Zeitpunkt geknüpft, sie haben immer existiert. Auch in dieser Beziehung gilt der Untertitel der Erzählung: „anwendbar für die Gegenwart und die Zukunft".

Was ein unreiner Wille ist, wird Kosti durch einen persischen Prinzen vor Augen geführt, der wie er nach Memphis unterwegs ist. Der Prinz ist der Gefangene seiner Leidenschaften, abhängig von seinen Ratgebern, die ihn durch eine Kurtisane klug zu lenken wissen: sein Wille ist schwach, obgleich er nach dem Licht sucht. Überdies will er die Geheimnisse der Regierungskunst, des Königtums, in Memphis „besehen, und die , welche ihm gefallen, den Priestern abkaufen". Er will also die Mysterien zur Erhöhung der eigenen Macht und aus Neugierde in Besitz nehmen, und er will sie durch Einsatz seiner irdischen Mittel erwerben – nicht durch die völlige Preisgabe aller irdischen Schätze, was die entscheidende Bedingung wäre.

Reinheit des Willens und der Motive heißt daher: Streben nach der Weisheit nur um der Weisheit willen; und Streben nicht mit den Mitteln des Besitzes und der Macht, sondern gerade dadurch, daß diese Mittel preisgegeben werden.

Ab jetzt schließt sich Kosti ein junger Mann aus dem Gefolge des persischen Prinzen an, so daß der weitere Weg von den zwei Freunden gemeinsam gegangen wird. Das kann so verstanden werden, daß ab diesem Zeitpunkt das aktive und das passive Prinzip im Menschen auf dem Weg wieder zusammenarbeiten, beide mit dem Ziel, die Weisheit zu erringen. Ohne diese Zusammenarbeit könnte das Ziel nicht erreicht werden.

In Memphis nun wird die Stärke des Willens der beiden in der großen Pyramide geprüft, dem Symbol des neuen, königlichen Menschen, der der Maßstab für jeden Mysterienschüler ist. Furchterweckende Hindernisse treten Kosti und seinem Freund entgegen. Die Reinheit ihres Willens wird geprüft, indem sie vor die Notwendigkeit zu „sterben" gestellt werden. Sie entschließen sich: „Besser mit dem Entschluß weise zu werden, sterben, als mit dem Bewußtsein, nie weise werden zu können, leben." Sogleich werden sie symbolisch in einem Totengewölbe in einen Sarg gelegt, wo sie einen dreifachen Tod zu sterben haben. Sie müssen „den Irrtümern des Verstandes absterben, den Begierden des Herzens und den schändlichen Handlungen des irdischen Lebens". Nach dem Ablegen dieser „dreifachen Raupenhülle", der Ermordung dieser drei Mörder, wird ein dreifaches neues Leben entstehen. Der königliche Mensch, der tot war, ersteht auf. „Dies ist die große Wiedergeburt, zu welcher … das ganze Menschengeschlecht hinarbeitet."

Die Ersterbung des von Vorurteilen, Leidenschaften und Gewohnheiten bestimmten Willens und die Entstehung eines neuen Willens, der „Organ der reinsten Vernunft" ist, war Aufgabe der dritten Stufe des Weges zur Weisheit.

Jetzt gilt es auf der vierten Stufe, diesen neuen Willen in Ausdauer und Standhaftigkeit zu üben. Das Zeichen, unter dem die vierte Stufe steht, ist die Stärke. Die drei „Ritter der Stärke", vom Feuer des erneuerten Willens umloht, Verkörperungen der drei Aspekte des Willens, nehmen sich der jungen Leute an und führen sie ins Reich der falschen, nicht von der Vernunft geleiteten Stärke: der Gewalt, die ebenfalls in drei Aspekten: Habsucht, Eroberungsgeist und Fanatismus, erscheint. Im Innersten dieses Reiches thront das Tier, das „Ungeheuer, dem der größte Teil der Welt huldigt". Es hat sieben Köpfe, die sieben Feinde des Wahren und Guten. Sein Ursprung ist der Stolz, der die Trennung von Gott, von der Einheit mit dem Universum verursacht und in die Vielheit geführt hat.

Der Vorhang vor Vergangenheit und Zukunft tut sich auf, Kosti sieht die kleine Schar der Ritter der Weisheit in scheinbar hoffnungsloser Unterlegenheit gegen die Heere des Tieres kämpfen, das höhnisch triumphierend dieser Demonstration seiner Macht beiwohnt.

In der Tat: „Mut gehört dazu, weise zu sein."

Nach dem Entschluß, sich den Scharen der Ritter der Weisheit zuzugesellen, treten Kosti und sein Freund in den Tempel der Kämpfer ein.

Die fünfte Stufe steht unter dem Zeichen der Erfüllung, der Vereinigung mit der Weisheit. Noch einmal vollziehen die beiden Wahrheitssucher eine Reinigung und betrachten die göttliche Weisheit, bevor sie ins Innere des Tempels eintreten. Hier fallen alle Äußerlichkeiten, Sinnbilder und Zeremonien fort, der Eingeweihte sieht die Wahrheit von Angesicht zu Angesicht, er erkennt die Ordnung des niederen und höheren Lebens, da er selbst zu dieser Ordnung geworden ist.

Aber niemals endet die Entwicklung. Der fünfstufige Weg zum inneren Königtum hat eine solche Wesensveränderung in Kosti und Gamma bewirkt, daß sie eins mit der Weisheit werden konnten. Jetzt beginnt ein neues Lernen, eine Entfaltung der neuen Möglichkeiten: „Trachtet, ein lebendiges Organ der Gottheit zu werden", trachtet danach, immer sicherer und klarer die Gesetze des höheren Lebens zu erkennen und aus ihnen zu leben.

In fünf Jahren erfahren die jungen Eingeweihten von den Priestern „die höchsten Geheimnisse von Gott, dem Geiste des Menschen und der Natur". Sie lesen „im Buche der Vernunft". Was bei der Begegnung mit dem persischen Prinzen schon angebahnt war: die Einsicht in die Ursachen des Verfalls der Menschheit und der Staaten und in die Mittel, einen Staat in Übereinstimmung mit den Gesetzen des Alls zu lenken, wird in grandiosen Gleichnissen und Prophetien ausgebaut; der Priester Aban stellt die elementaren Erkenntnisse über die Gesetze der Schöpfung, über die Aufgabe von Wissenschaft, Religion und Kunst, über Fall und Bestimmung des Menschen dar; Kostis und Gammas Blick wird auf eine große, im Bau befindliche Pyramide gerichtet, Sinnbild des wachsenden Menschheitstempels, in den jeder Mensch als lebendiger Stein eingefügt werden muß; und schließlich sehen sie in einer goldenen Kiste den „Grundplan der wahren Menschenregierung", nach dem sie ihre Herrschaft ausüben werden – Kosti als innerer König über seine Leidenschaften, als äußerer König über sein Volk, Gamma als innerer und äußerer Priester, beide als „lebendiges Organ der Gottheit".

Ob dieses strahlende äußere Königtum, ein gesellschaftliches Leben größeren Stils im Sinne der Weisheit, in unserer Zeit möglich wäre, ist zumindest fraglich, zumal wenn man sich an die Prophetie der Erzählung im Zusammenhang mit dem „Tier" erinnert. Diese Situation muß wohl doch in eine sehr ferne Vergangenheit oder Zukunft verlegt werden. In der Gegenwart dürfte der Mysterienweg nur in kleinen Gruppen gangbar sein. Wie wenn er eine Schneise durch den Wald legte, so stellt Karl von Eckartshausen die Kriterien dieses Weges inmitten des Chaos des „Unglaubens" und „Aberglaubens" seiner Zeit, unserer Zeit, dar, des Weges, der die Bestimmung des Menschen ist. Die in Bildern und Zeremonien ausgedrückten seelischen Erfahrungen können in „Memphis", in einer Mysterienschule, von jedem Menschen nachvollzogen werden, unter Erfüllung aller beruflichen und gesellschaftlichen Pflichten. Die Symbolik ist nur Anregung oder Beschreibung. Entscheidend ist die Realität dieser Erfahrungen im Alltag.

Eine so fundierte, lebendige und „weisheitsvolle" Schilderung des Weges zur Weisheit, wie sie „Kostis Reise" darstellt, kann nicht bloßer Phantasie entsprungen oder nur eine Aufbereitung traditioneller Stoffe sein. Sie muß ihre Wurzeln in der eigenen Lebenserfahrung des Verfassers haben. Es lassen sich denn auch in der Biographie des Karl von Eckartshausen immer wieder Hinweise darauf finden, daß er selbst einen solchen Weg gegangen ist und daß die dabei auftretenden neuen Verstandes-, Gefühls- und Lebenskräfte nach vielen Richtungen ausgestrahlt haben.

Er wurde am 28. Juni 1752 in Haimhausen bei München als uneheliches Kind geboren. Der Vater war der Graf von Haimhausen, die Mutter Tochter des Schloßverwalters, Maria Anna Eckhart. Schon im Alter von sieben Jahren hatte er Träume prophetischen und mystischen Inhalts sowie „Erscheinungen". Seine unstillbare Sehnsucht nach höherer Wahrheit führte ihn zunächst zu dem 1776 von Adam Weishaupt gegründeten Orden der Illuminaten (dem vorübergehend z. B. auch Goethe und der Herzog Karl August von Weimar angehörten), von dem er sich aber ein Jahr später enttäuscht wieder abwandte, als er bemerkte, daß die Leiter des Ordens unter dem Deckmantel einer Einweihungsschule nur politische Ziele verfolgten.

Später hatte er Verbindungen zu zahlreichen mystischen Gesellschaften und Orden: etwa zu den Freimaurern (viele Symbole in „Kostis Reise" erinnern an die Freimaurerei), den Gold- und Rosenkreuzern, der „Hermetischen Gesellschaft", die sich mit Alchimie befaßte, den „Erweckten" – und korrespondierte mit einer Reihe von bekannten Metaphysikern und Philosophen, unter anderem Franz von Baader, Sailer, Conrad Schmid, Herder, Jung-Stilling. Es ist nicht bekannt, ob er nach seinem Ausscheiden aus dem Orden der Illuminaten noch einmal Mitglied einer esoterischen Gesellschaft wurde.

Sein „Memphis" aber, seine Einweihungsschule, fand er in der „inneren Kirche", der Gesellschaft der „Lichtfähigen", über deren Wirken als unsichtbare Bruderschaft er in „Die Wolke über dem Heiligtum" berichtet: „Sie steht außerhalb von Raum und Zeit, setzt aber immer wieder innere Gesellschaften mehr oder minder verborgen aus", um in der raumzeitlichen Welt über eine Organisation oder einzelne Menschen zu wirken.

Einen solchen Menschen zumindest muß Ekkartshausen gefunden haben, der ihn nach „Memphis" führte. Er schreibt 1792: „Der Unterricht, den ich erhielt von einem Manne voll Weisheit und Güte, der sich bis zur Anschaulichkeit erhob ..." und 1795: „Was Sie unter Initiation verstehen, weiß ich nicht. Wenn Sie glauben, daß ich durch menschlichen Unterricht mich höheren Wahrheiten genähert habe, irren Sie sich wirklich sehr, ich floh immer menschliche Gesellschaften, weil ich einen treuen Freund in der Einsamkeit fand."

Eckartshausen gehört also zu denen, die, durch Hilfe anderer und durch die Erfüllung entsprechender Bedingungen, zu einem neuen, höheren

22

Bewußtsein gefunden haben und somit aus erster Hand aus der Weisheit eines höheren Lebens schöpfen und Mitteilung machen konnten.

Dies betrachtet er denn auch als eigentliche Aufgabe seines Lebens. Seine beruflichen Funktionen als Zensur-Rat (1777-1793), Archivrat mit dem Titel Hofrat unter dem bayerischen Kurfürsten Karl Theodor, seit 1799 als „erster geheimer Hausarchivar" des Kurfürsten Maximilian Joseph IV. und seine wissenschaftlichen Tätigkeiten im Bereich der Juristerei, Naturwissenschaften und Philosophie als Mitglied der Bayerischen Akademie der Wissenschaften (bis 1800) sowie seine schriftstellerische Aktivität waren ihm vor allem Plattformen und Instrumente, seine metaphysischen, theosophischen und religiösen Erkenntnisse zu verbreiten. In über 100 Schriften, unter denen auch Schauspiele und Titel wie „Beiträge und Sammlungen zur Sittenlehre für Bayerlands Bürger", „Über die Quellen der Verbrechen und die Möglichkeit, selben vorzubeugen", „Augenmusik oder Harmonie der Farben" zu finden sind, legte er diese Weisheit dar.

In „Kostis Reise", erschienen 1795, ist ein Konzentrat dieser Weisheit enthalten, ähnlich wie in den Hauptwerken „Aufschlüsse zur Magie" (1788), „Gott ist die reinste Liebe" (1790), „Mystische Nächte" (1791), „Die wichtigsten Hieroglyphen fürs Menschenherz" (1796) und „Die Wolke über dem Heiligtum" (1802).

Jeder neue Strom der höheren Weisheit, der über einen Menschen mit höherem Bewußtsein in die zeiträumlich-begriffliche Welt einfließt, trifft dort auf bestimmte geschichtliche Bedingungen, deren er sich bedient, denen er sich bis zu einem gewissen Grade anpaßt, zu denen er möglicherweise auch in Gegensatz gerät. Eckartshausen lebte im Zeitalter der „Aufklärung", der unterschiedlichsten philosophischen und theologischen Strömungen, der Anfänge des modernen wissenschaftlichen Denkens. Heftig brach sich der Strom seiner Erkenntnisse an der „Freidenkerei", wie er es nannte. Er wußte, daß die entscheidenden Fragen des menschlichen Lebens nicht durch einen platten Materialismus zu beantworten sind – daher wandte er sich gegen den „Unglauben"; ebensowenig durch Ideologien, religiöse und philosophische Dogmen – daher sein Kampf gegen den „Aberglauben".

Wissenschaft, Religion, Philosophie und Kunst haben für ihn nur ihre Berechtigung, wenn sie Ausdruck der „Offenbarung" sind, das heißt einer klaren und geprüften Intuition, die allerdings nicht durch den begrifflichen Verstand, sondern nur durch eine andere Art des Bewußtseins, ein höheres Bewußtsein jenseits von Vorurteilen, Leidenschaften und „Lastern", aufgerufen werden kann. Wenn er die Eigenschaften des höheren Menschen oft im Gewand aufklärerischer Begriffe wie Vernunft, Sittlichkeit und Tugend beschreibt, so wäre

24

es doch ein großes Mißverständnis zu glauben, er hätte dabei wie viele „Aufklärer" einen Menschen im Auge gehabt, der, unbeeinträchtigt durch gesellschaftliche Zwänge, das Bestmögliche aus seinen natürlichen Anlagen des Verstandes, des Fühlens und Handelns gemacht hätte. Vielmehr wollte er gerade die übernatürlichen Anlagen des Menschen bewußt machen und entwickeln, die Anlagen zum „Königtum", und die Verwurzelung des Menschen in einer höheren Ordnung der Wirklichkeit aufzeigen. Entfaltet der Mensch diese Anlagen, so wächst er in die höhere Ordnung hinein und lebt aus einer höheren Vernunft, Sittlichkeit und Tugend, während der natürliche Mensch wie eine „Raupenhülle" zurückbleibt. Das nannte er „wahre Aufklärung".

Am 13. Mai 1803 starb Karl von Eckartshausen in München.

> „Eine Urkraft gibt es nur;
> Ihr gebührt die Huldigung.
> Um uns her ist die Natur
> Dieser Urkraft Äußerung.
> Kein Verstand kann sie ergründen;
> Nur wird ihre Wesenheit,
> Wo wir ihre Lieb' empfinden,
> Uns erkennbar in der Zeit.
> Sie allein kann uns beglücken,
> Dieses Glück ist Einigung.
> Sie ist Wonne, Heil, Entzücken –
> Unsres Geistes Sättigung."

Wenn ganze Nationen unrichtige Begriffe über die wichtigsten Wahrheiten des Menschengeschlechts äußern, dann ist es Pflicht, ihren Verstand zurechtzuführen, sie der Wahrheit näher zu bringen, denn Wahrheit ist das einzige Mittel, alle Gärungen zu verhüten, die aus Irrtümern der Meinungen entspringen.

Baco von Verulam

Kostis Reise

von Morgen gegen Mittag

Kosti war der Sohn eines Fürsten, der einst an den Ufern des Ganges gebot.

Früh verlor er seine Eltern, und er wuchs unter der Obsorge des frommen Dahman, der die Seele des Jünglings bildete, heran.

Du hast einst ein großes Geschäft über dir, Kosti! sagte Dahman zu ihm, denn du mußt Menschen regieren, und daher zuerst der König über deine Leidenschaften werden. Kosti hörte aufmerksam die Lehren seines Freundes; er befolgte alles mit aufrichtiger Seele, und sein Auge verließ nie Dahmans Lippen, wenn der Greis von den großen Wahrheiten der Natur sprach.

Dahman wohnte entfernt von den großen Städten in dem heiligen Dunkel einer Wildnis, wo ein Tempel stand, geheiligt dem Lichte und der Weisheit. An diesem Orte wurde Kosti bis an sein fünfzehntes Jahr erzogen, und seine Seele mit den größten Wahrheiten der Natur bekannt gemacht.

Kostis fünfzehnter Geburtstag erschien; die Sonne glänzte schon über die Berge, und Kosti schlummerte noch am Rosenstrauche, als der feierliche Morgen dem anbrechenden Tage huldigte.

Bewacht vom schützenden Engel der Unschuld,

unbekannt mit den Gefahren des Lebens, war sein Auge ruhig geschlossen; sanft war sein Odemzug und lächelnd sein Mund, wie die Rose, die auf seiner Wange blühte.

Dahman stand vor ihm, und eine Träne zitterte in seinem Auge, da er den Jüngling sah. Rührend war das Bild dieses Auftritts. Die ehrwürdige Miene Dahmans, das Ernsthafte auf seiner Stirne, das Sanfte in seinem Auge wechselte bewundernswürdig ab mit der jugendlichen Schönheit Kostis. Hier ist aufkeimende Tugend – in Kosti, sagte das Bild, und hier – in Dahman ist sie reif.

Dahman näherte sich dem Jünglinge, ergriff sanft seine Hand und sprach: Erwache Kosti! und empfange meinen Segen. Kosti öffnete seine Augen, ergriff die Hand des Greises, warf sich zu seinen Füßen und empfing seine Segnung.

Fünfzehn volle Jahre hast du erlebt, sagte Dahman; die Gottheit ruft dich nun zu höheren Geschäften – deine Bestimmung ist, mich zu verlassen. Geh, folge dem Rufe der Gottheit, aber bedenke, Kosti, daß du Prüfungen auszustehen hast, ehe du das besitzen wirst, was dir bestimmt ist. Die Krone, die dich einst decken wird, muß errungen werden; folge meinen Lehren, und laß dich nicht von den Leidenschaften beherrschen, sondern denke, daß du berufen bist, über andere zu gebieten. Wenn du Herr über dich bist, dann haben dich

30

die Götter zum König gesalbt, du gebietest, und alles muß dir untertan sein. Wenn du dich aber je von Leidenschaften beherrschen läßt, so bist du ein Untergebener, und du wirst nicht regieren, sondern die Leidenschaften werden über dich gebieten, und du wirst ihr Sklave sein.

Ich fühle die Größe deiner Wahrheiten, sagte Kosti, aber wo ist die Stärke für mich, wenn ich dich verlasse? – Die Weisen sind alle im Geiste vereint, antwortete Dahman, folge meiner Lehre, und die Gottheit wird dir beistehen. Sieh die Sonne, wie sie prächtig am Himmel glänzt; sie entfernt sich nie von uns; sie ist immer bereit uns zu erleuchten, zu erwärmen. Die Dunkelheit der Nacht, die uns deckt, hängt von dem Erdballe ab, den wir bewohnen und der sich von ihr wendet. So, Kosti, wird dich die Kraft des Guten nie verlassen, so lange du gut bist; wenn du aber das Gute verläßt, so wird das Böse nur die Folge deiner Verirrung. Denke, Kosti, unsere Bestimmung ist das Ringen nach Licht. Irrtum und Finsternis decken die Erde; Vorurteile und Leidenschaften bekämpfen die Menschen; deine Bestimmung ist, sie dem Lichte näher zu führen, und wie kannst du das, wenn Finsternis deine eigene Seele decken sollte? – Geh also, durchwandle die Wege deiner Prüfung, und gib mir die Freude meines Alters, dich mit Weisheit und Stärke umgeben auf dem Throne deiner Väter zu sehen. –

Als Dahman noch so mit ihm sprach, leuchtete

die Sonne schon hoch über den Palmbäumen. Nach einer mäßigen Mahlzeit von Früchten und Milch führte Dahman den guten Jüngling in den Tempel des Lichts. Hier warf sich Dahman zur Erde und betete zur Urquelle aller Wesen um Segen für Kosti. Dann nahm er ihn bei der Hand und führte ihn in das Seitengewölbe des Tempels. Da war eine treffliche Rüstung: ein Helm, ein Harnisch, ein Schild und ein Spieß. Diese Rüstung gab Dahman dem guten Kosti. Die Tugend, sprach er, sei dein Helm, die Klugheit dein Panzer, die Weisheit dein Schild, und dein Wille die Lanze, die deine Feinde erlegt.

Er führte ihn auf die Höhe eines Berges, den man Keschwars nannte, und die Sonne war am Mittag, als sie sich umarmten und trennten.

Unweit dieses Berges wohnte eine berühmte Zauberin; sie wurde Eschem genannt, und war berühmt durch ihre Schönheit, noch mehr aber durch die Wunderwerke ihrer Pracht. Außerhalb ihres Palastes war eine prachtvolle Höhle. Alles, was die Natur Reizendes hat, sammelte sie da in dieser Gegend, wo Eschem öfter die Freuden der Abende genoß, oder sich in der Kühle der Grotte vor den sengenden Strahlen der Mittagssonne schützte.

Kosti sah noch manchmal zurück auf seine väterliche Heimat, und manche Träne drängte sich in sein Auge, als er unverhofft an die Höhle kam, wo Eschem schlummerte. Erschrocken trat er zurück,

als er Eschems reizendes Bild sah; majestätisch hob
sich durch ihr sanftes Atmen der erhabene Busen;
schwarze, blendende Haare hingen über ihre weißen Schultern herab; schmachtende Liebe lächelte
auf ihren Lippen, und ihr Auge übertraf die aufge-
hende Sonne, als es sich öffnete. Schüchtern trat
Kosti zurück, als ihn Eschem erblickte. Liebe er-
wachte für den schönen Jüngling in ihrem Busen,
sie sahen sich lange an, und sprachlos waren sie
beide; endlich fing Eschem an: Wozu diese Rüstung, junger Krieger? Liebe thront in deinen Blik-
ken; du bist zum Genuß, zur Freude, nicht zum
Mord geschaffen. Komm, laß uns glücklich sein;
ich will mit dir alles teilen, was ich habe. Ich bin die
mächtigste Königin; mein Gebiet erstreckt sich
vom Morgen bis gen Abend, von Mittag bis gen
Mitternacht. Ich nenne mich Eschem und bin die
Königin der Sinnlichkeit; meine Macht ist unum-
schränkt, mein Zauber ohne Grenzen. Ich besiege
Könige ohne Schwertstreich; sie tragen meine Ketten, und ich leite sie nach meinen Zwecken. Wenn
ich will, so morden sich Tausende; wenn ich ge-
biete, so erzittert der Erdball. Ich habe alles in meinen Händen, mache Menschen glücklich und unglücklich, und nichts widersetzt sich meiner Gewalt.

Kosti erstaunte über Eschems Rede. Du bist
wirklich schön, sagte er, Eschem, und ich fühle in
mir, daß du mich reizen könntest; aber was willst
du mit einem Jüngling machen, der dich noch nicht

verdient hat? Ich muß erst kämpfen, siegen, Verdienste sammeln, um deiner würdig zu werden.

Betrogener Junge! sagte Eschem; wer hat dir diese Grundsätze eingeflößt? Du bist erschaffen zum Genuß, aber nicht zur Arbeit. Komm, an meiner Seite sollst du alles haben, was du dir wünschest. – Kosti heftete seinen Blick zur Erde und seufzte. Du bist unentschlossen, sagte Eschem. – Unentschlossen? erwiderte Kosti. O Eschem! Wüßtest du, was für ein Kampf in meiner Seele vorgeht! Gern möcht' ich bei dir sein, aber ich denke zurück an die grauen Haare meines Erziehers, an den guten Rat des alten Dahman.

E s c h e m . Liebte dich Dahman?

K o s t i . Ob er mich liebte ? – – –

E s c h e m . Nun, so will er dein Glück. Warum sollst du kämpfen, da ich dir ein Königreich durch die Liebe öffne? Lege deinen Panzer, deinen Helm ab; du hast in den Armen der Freundschaft diese Rüstung nicht nötig.

Schüchtern sah sich Kosti um, und mißtrauisch beobachtete er Eschems Auge. Ich will wohl bei dir bleiben, sagte er, aber du mußt mich nicht abhalten, deine Liebe zu verdienen. Tapferkeit ziert den Mann: ich muß kämpfen, siegen – dann erst will ich die Ruhe genießen. Deine Liebe soll der Lohn meiner Verdienste sein .

Als Kosti so sprach, rief Eschem ihre Dienerinnen herbei. Eine nannte sich Eigenliebe, die andere Eigennützigkeit. – Hier, sagte sie, Kosti,

34

stelle ich dir die treuesten meiner Dienerinnen vor, ihre Treue vermehrt meine Macht, ihre Anhänglichkeit meine Botmäßigkeit über die Menschen. Wenn du mich verlassen willst, so nimm sie zu deinen Gefährtinnen, du wirst sicher durchkommen und die Menschen nach deiner Willkür beherrschen.

Als Eschem die letzten Worte sprach, ergriff sie Kosti bei der Hand und führte ihn in ihren Palast. Da war ein großer Saal, und eine Menge Bilder hingen umher; es waren Sultane, Emirs und Große.

Wer sind diese Männer? fragte Kosti. Sie sind alle meine Vasallen, erwiderte Eschem, denn ich beherrsche sie durch meine Dienerinnen – durch Eigenliebe und Eigennützigkeit. Ihre Leidenschaften sind meine Mitverschwornen, die sie in Fesseln halten, und ich führe sie dadurch, wohin ich will.

Und wer ist dieser dort, fragte Kosti, der so einsam im Winkel hängt?

Beram ists, erwiderte Eschem, ein eigensinniger König, der mir noch nie huldigen wollte. Vergebens bekämpfe ich ihn schon seit vielen Jahren, unzugänglich ist sein Herz, denn er huldigt meiner Feindin. – Und wer ist diese? fragte Kosti.

Hier kannst du ihr Porträt sehen, erwiderte Eschem und führte ihn in ein prächtiges Seitenkabinett. Kosti betrachtete das Bild aufmerksam, und er fand eine Regelmäßigkeit in den Zügen desselben, die nicht auszusprechen war.

Sein Herz entflammte sich für diese göttliche

Schönheit, und Eschem bemerkte bald, daß dieses Bild tiefen Eindruck auf Kostis Seele machte. Du kennst dieses Weib nicht, Kosti! sagte Eschem; es hat eine trügerische Miene und fordert von dem Menschen Dinge, die nicht in seiner Natur sind. Sie ist menschenscheu und flieht alles Vergnügen der Sinnlichkeit. Ihre Wohnung baute sie an einem Orte, der fast unzugänglich ist, und sie fordert von ihren Verehrern die größten Aufopferungen ihrer selbst. O Kosti! verwahre dich vor dieser Betrügerin; sie würde dich und mich unglücklich machen – dich mir entziehen, und was würde Eschem ohne Kosti werden?

Tief nachdenkend stand Kosti da und folgte mit gesenktem Blicke den Fußtritten der bezaubernden Eschem.

Die Sonne verließ allgemach den Horizont, und die Abendröte bemalte mit Purpur die Gegend. Kosti verzehrte an Eschems Seite die Abendmahlzeit, schwatzte noch viel mit ihr, als endlich der Mond am Himmel stieg und ihm Eschem ein Schlaflager anwies, das unweit ihrer Grotte an einem herrlichen Rosenstrauche war.

Kosti verließ Eschem; allein der Schlaf floh seine Augenlider; er betrachtete die Herrlichkeit der Gegend, die Stille der Nacht, den Mond, der so feierlich am Himmel zitterte, und dachte über den vergangenen Tag nach.

Bald entstand in seiner Seele der Gedanke an Eschem; bald malte sich das schöne Bild in seiner

36

Seele, das er in Eschems Kabinett sah, und in dessen Zügen er so viel Großes fand.

Was soll ich tun? sagte er. Soll ich Eschem verlassen, die mich liebt, die mich so gastfrei aufnahm? Oder soll ich diese Unbekannte aufsuchen, deren Bild so lebhaft in meiner Seele ist? – O Dahman, dachte er, wenn du bei Kosti wärest, du würdest ihn nicht in dieser schrecklichen Unentschlossenheit lassen! – – Als er so sprach, näherte sich ihm eine ätherische Schönheit, glänzend war ihr Angesicht, durchscheinend ihr ganzes Wesen. Ich bin dein Genius, Kosti, sprach die Gestalt, und werde dich nie verlassen, so lange du den Grundsätzen und Wahrheiten treu bist, die dir Dahman gab. Fliehe mit Aufgang der Sonne diese Gegend, denn sie ist der Wohnsitz der Sinnlichkeit, einer geschworenen Feindin der Weisheit. Das Bild, das du sahst, war der Weisheit Bild. Suche sie auf, suche ihre Liebe zu verdienen, und du bist glücklich.

Hier verschwand die Gestalt, wie ein glänzender Tautropfen verschwindet, wenn die Sonne am Mittag steht. Kosti hätte noch vieles zu sagen gehabt, aber es war vergebens. Stille herrschte um ihn; die feierliche Stunde der Mitternacht war vorüber, und die Natur huldigte noch dieser Feierlichkeit. Endlich legte sich Kosti auf den Rasen und schlummerte ruhig eine Zeitlang. Der Morgen brach an, die Lerche erhob sich zum Himmel und sang ihren ersten Lobgesang. Die Grasmücke zwitscherte im Gesträuche und kühlende Zephyrs strichen über die Ebene und verkündigten die Ankunft der Morgenröte.

Eilends raffte sich Kosti von seinem Lager auf und floh. Der Weg führte ihn einem großen Walde zu, in dem er sich immer mehr und mehr vertiefte; endlich verlor er sich von dem Wege, himmelhohe Klippen umringten ihn; außer der traurigen Nachteule und dem einsamen Jochgeier sah er kein lebendes Tier. Es wurde Mittag, und er fand keine Frucht zur Labung, keine Quelle, um seine trockenen Lippen zu benetzen.

Der Abend näherte sich und er vertiefte sich immer mehr in dieser wilden Gegend. Er hörte das Brüllen der Löwen, das Heulen der Wölfe, und Furcht bemächtigte sich seiner Seele. Was wird aus mir werden? dachte er; aber doch bin ich hier glücklicher als bei Eschem. Die Gefahren, die mir hier drohen, betreffen nur meinen Leib; die Gefahren aber bei Eschem hätten meiner unsterblichen Seele Nachteil bringen können. –

Sein Gemüt ward ruhiger; er suchte sich ein Nachtlager. Sind wir nicht überall, sagte er, unter Gottes Obsorge, und wird nicht der, der mich in Eschems Palaste vor Gefahren der Seele schützte, mich auch hier vor den Gefahren des Lebens schützen?

Während er so mit sich sprach, hörte er unweit dem Felsenstein, worauf er lag, ein Geräusch; er richtete sich auf und glaubte, daß es ein wildes Tier wäre; es näherte sich ihm aber ein alter ehrwürdiger Einsiedler. Die Götter, sagte er, schicken mich zu dir, Kosti, daß ich dich in meine Hütte aufnehmen soll. Wie! erwiderte Kosti, als er seinen Namen hörte, du kennst mich? Du weißt, daß ich in dieser wilden, unbewohnten Gegend deiner Hilfe bedarf?

Die Guten kennen sich alle einander, sprach der Einsiedler, und die Vorsehung, die alles leitet, wacht für ihre Erhaltung.

Kosti warf sich zur Erde nieder und eine Freudenträne floß aus seinem Auge, die das einsame Veilchen tränkte, das an dem taulosen Felsensteine hing. – Kosti folgte dem Einsiedler nach. Klein und verächtlich sah die Hütte aus, worin der Einsiedler wohnte, und man mußte sich tief bükken, wenn man zu ihm hinein wollte. Reinlich war alles in der Hütte, und außer den höchst notwendigen Bedürfnissen hatte er keine Gerätschaft; nur ein einziges Bildnis war in seiner Zelle – das Bild einer göttlichen Schönheit, die Kostis aufmerksamen Blick auf sich zog.

Er fragte den Einsiedler, wessen Bild es wäre. Jüngling! erwiderte der Einsiedler, diese Göttin nennt sich *Demut*; sie wohnt in einer einsamen Hütte, wo sie der Stolze, der sich niemals beugt, nicht aufsucht, nicht findet. Ich bin ihr Priester; ihre heilige Lehre führte mich zur Erkenntnis meiner selbst, und durch sie bekam ich den *Schlüssel* zu dem Tempel der *Weisheit*. – Zu dem Tempel der Weisheit, rief Kosti aus, wo die Glückliche thront, deren Bild ich mit so vieler Wonne erblickte? O edler, guter Mann! Zögere nicht länger, mein Glück zu vollenden und mich in ihre Arme zu bringen. – Es ist Zeit zur Ruhe, sagte der Einsiedler; früh morgens will ich dich dann begleiten und wir wollen unsere Reise fortsetzen. Kosti aß einige Früchte zu seiner Erquickung und schlummerte an der Seite des Einsiedlers auf einem Ruhebette von Schilf ein.

Früh am Morgen traten sie die Reise an, um einen hohen Berg zu besteigen; auf dem Gipfel dieses Berges, sagte der Einsiedler, steht der Tempel der Weisheit; einige ahnen ihn, aber wenige bekümmern sich um denselben. Die Beschwerlichkeit der Reise hält sie ab; andere verweilen in der Mitte des Berges und steigen nicht mehr höher, weil sie sich durch die Zauberwerke dort besiegen lassen, die sie antreffen. –

Unter diesem Gespräch kamen sie durch einen steilen und dornichten Fußweg auf eine schöne Ebene; da stand ein Tempel. Wir wollen diesen Tempel sehen, sagte Kosti. Es ist nicht notwendig, erwiderte der Einsiedler, denn er ist einem Götzen gebaut, der sich Selbstliebe nennt. Eigendünkel, Stolz und Rechthaberei herrschen da und bieten dem Reisenden einen Becher an, aus dem er sein *Selbst* in großen Zügen trinkt und von seinem *Ich* berauscht wird.

Als Kosti mit dem Einsiedler auf die Ebene kam, sah er da die wunderlichsten Figuren. Einige liefen beständig im Kreise um eine Statue, die die Wahrheit vorstellte, und Leidenschaften peitschten sie herum im Zirkel, bis sie umfielen. Wer sind diese Menschen? fragte Kosti. Sie nennen sich Gelehrte, antwortete ihm der Einsiedler; ihr Selbststolz und ihre Leidenschaften peitschen sie in einem ewigen Zirkel herum, indem sie immer gleich weit von der Wahrheit entfernt sind. – Dort, fuhr er fort, sitzen wieder andere, die sich Weltweise nennen; sie haben einen Maßstab in ihren Händen und messen alles nach dem Maße ihrer Meinungen und finden daher notwendig vieles zu kurz und vieles zu lang. Dieser dort, der bis unter die Arme im Moraste steckt, ist ein Kritiker; er beschnarcht die, die auf geraden Wegen wandeln, und wirft auf die Vorübergehenden den Kot seines Witzes, der ihn tiefer sinken ließ, als er glaubt. – Dort ist wieder ein anderer, er liest in einem großen Buche und macht Wunderwerk daraus, obwohl in dem Buche keine Silbe geschrieben steht. Es ist ein Buch aus lauter Spiegelblättern zusammengesetzt, und weil er in jedem Blatte sein Ich sieht, so gefällt es ihm trefflich wohl.

Während der Einsiedler so sprach, hörte man ein fürchterliches Gerassel von Ketten. – Was soll wohl dieses bedeuten? fragte Kosti. – Gedulde dich nur einige Augenblicke, sagte der Einsiedler. Man führt die Opfer in den Tempel der Leidenschaften.

Da kamen die Eigenliebe und das Interesse, Eschems Dienerinnen, und in langen, schweren Ketten schleppten sie die Stolzen, die Geizigen, die Wollüstigen, träge und rachsüchtige Menschen in den Tempel der betrügerischen Gottheiten, die sie verehrten. Furien folgten ihnen nach und peitschten sie bis aufs Blut. Wie unglücklich sind doch die verblendeten Menschen! sagte Kosti. Ist es denn möglich, daß sich ihr Geist nicht höher schwingt – daß sie nicht ahnen, daß es jenseits dieser Ebene weiter hinauf noch eine bessere Bestimmung gibt? –

Die, die wir nicht bessern können, Kosti, erwiderte der Einsiedler, müssen wir bedauern. Der Irrtum und das Laster strafen sich immer selbst, denn sie entfernen uns von der Gottheit, und Entfernung vom Licht ist Finsternis, und Finsternis ist Strafe der Seele, die zum Licht erschaffen ist. Komm, wir wollen weiter.

Sie gingen auf einem abgesonderten Wege; rauh war der erste Fußsteig, der sie empfing. Verschiedene Abenteuer stießen ihnen auf, aber sie wandelten ihre Wege, ohne sich irre machen zu lassen. Nach einer ziemlichen hinterlegten Strecke kamen sie an den Vorhof der Weisheit. Hier legten sie ihre Reisekleider ab und zogen weiße Kleider an, die der Priester ihnen darbot. Sie übernachteten im Vorhofe, und über der Pforte stand geschrieben:

Hier ist der Ort der Reinigung.

Den andern Morgen führte sie der Priester in einen prächtigen Garten. Alle Seltenheiten der Natur waren da versammelt, und die Aufschrift über dem Garten hieß:

Hier ist der Ort der Betrachtung.

Nachdem sie sich da den ganzen Tag aufgehalten hatten und auch den dritten Tag bis gegen Mittag verweilten, so kam ihnen ein Chor jungfräulicher Schönen mit Palmzweigen entgegen und führte sie ins Heiligtum der Weisheit, da stand die Überschrift:

Hier ist der Ort der Vereinigung.

Hier öffnete sich, als sich Kosti nahte, die goldene Pforte; Edelsteine glänzten und Gold an den prächtigen Hallen.

Kosti war erstaunt, die Weisheit in ihrer Herrlichkeit zu erblicken. Er war einige Minuten ganz außer sich – Anschauung und Betrachtung war allein die Beschäftigung seiner Seele. – Nach einer guten Weile erholte er sich wieder, und Kosti wollte sich der Göttin nahen, aber kaum wagte er den ersten Schritt, als plötzlich der ganze Tempel wie ein Zauberwerk verschwand, der Himmel verfinsterte sich, Blitze durchschlängelten die Lüfte – ein entsetzlicher Donnerschlag setzte die Gegend in Furcht, die Erde zitterte und eine Stimme erscholl: „Wage es nicht, Profaner! deinen Fuß ins

Heiligtum zu setzen, denn du bist noch nicht eingeweiht."

Erschrocken fiel Kosti zu Boden, die Erde öffnete sich unter seinen Füßen, und er sank tief in einen fürchterlichen Abgrund. Felsen schlossen sich
mit entsetzlichem Krachen über ihm zu und bildeten einen schrecklichen Kerker. O Götter! was
habe ich denn verschuldet, rief Kosti aus, daß ihr
mich so strenge straft! Ich habe Weisheit mit auf-
richtigem Herzen gesucht, und ihr lohnt mir so
grausam für mein Bestreben! – Ein Strom von Tränen floß bei diesen Worten aus Kostis Augen, er
sah sich nach seinem Freunde, dem Einsiedler um,
aber auch dieser war verschwunden.

Boshafte Eschem! rief jetzt Kosti, das ist gewiß
dein Werk! So grausam rächst du dich an mir, weil
ich deine Liebe verschmähte! Aber räche dich nur!
Lieber will ich hier elend verschmachten, als in deinen Armen der Tugend auf ewig entsagen.

Als Kosti so sprach, durchtönte eine Stimme den
Felsen: Sterblicher, verzage nicht! Die Götter prü-
fen dein Herz. Danke ihnen, sie haben dir zu erkennen gegeben, daß die Weisheit existiert; aber in
ihr Heiligtum kannst du nicht treten, bis du rein
bist. Bedenke dein Elend und betrachte den Ort, in
dem du dich befindest. Du bist im Grabe; es steht
bei dir, wieder aufzustehen und aus einem Toten
ein Lebendiger zu werden.

Kaum erscholl diese Stimme, als ein fürchterliches Gewinsel die Felsengruft durchtönte. In der

44

Ferne schien ein dunkles Licht; mit einer schwachen Lampe glitt ein alter Greis mit zur Erde gesenktem Blicke einher und vier Skelette trugen einen Sarg hinter ihm nach.

Kosti schauderte zurück bei diesem Anblick, und er hatte alle Kräfte seines Geistes nötig, um nicht zu unterliegen. Wen trägst du hier zur Grube? fing er an, unglücklicher Greis!

Drei unschuldig Ermordete, erwiderte der Alte; denn sieh, hier kommen noch zwei Särge nach. Wenn du Mut und Tugend hast, Jüngling, so ist es dir von den Göttern gewährt, diese drei unschuldig Ermordeten wieder vom Tode zu erwecken – willst du?

Ob ich will? erwiderte Kosti; ist nicht Wohltun Pflicht? Sag, wie kann ichs? Was soll ich tun?

Schwöre mir, die Mörder überall zu verfolgen, die diese Unschuldigen töteten, fuhr der Greis fort, und ich werde dir sagen, wie du sie erwecken kannst.

K o s t i . Ich schwöre den Mördern der Unschuldigen den Untergang.

D e r G r e i s . Nicht genug, schwöre mir auch, ihre Anhänger überall zu verfolgen, mit keinem der ihrigen je eine Gemeinschaft zu haben, und überall ihre Werke und Unternehmungen zu zerstören.

K o s t i . Ich schwöre es dir bei den Göttern.

Nun befahl der Alte, daß die zwölf Skelette die

drei Särge nebeneinander auf die Erde stellen sollten. Er gab einen Wink, und sie verschwanden.

Du hast viel unternommen, sagte der Alte; aber wie kann ein Toter einen Toten erwecken? Und gehörst du nicht auch unter diese Zahl? Bedenke, wer du bist – ein Mensch – und was ist das Schicksal der Menschen hienieden? – –

Der Mensch wird in der Sünde empfangen, das will sagen, er wird schon mit der Neigung geboren, sich mehr ans Vielfältige als ans Einfache, sich mehr ans Äußere als ans Innere, sich mehr ans Materielle als ans Geistige zu halten. Sein Verstand wird durch Irrtümer, sein Herz durch Begierden und Leidenschaften, und seine Tätigkeit durch das böse Beispiel der Laster verdorben.

Diesen Zustand verschlimmert noch sein Temperament, seine Erziehung, Lage und Umstände, in die ihn der Zufall setzt.

Er wird geboren und bringt die Fehler seiner Eltern als sein moralisches Erbteil mit auf die Welt, er saugt die Brüste einer fremden Amme, und aus denselben einen neuen Keim verdorbener Neigungen.

Nun erwacht er, und sein Verstand sieht nichts als Irrtümer, sein Herz wird geleitet von unedlen Begierden – seine Tätigkeit zum Bösen angefeuert durch üble Beispiele.

Den Irrtümern seines Verstandes heuchelt die Hoffart. – Den Verirrungen des Herzens die Begehrlichkeit. – Den lasterhaften Handlungen die Sinnlichkeit.

Die Jugend und das männliche Alter sind die Zeit, in der sich alle bösen Keime entwickeln. Sein sittlicher und physischer Zustand wird von allen Seiten gekränkt; er fühlt die Kränkung, sucht Hilfe und findet sie nirgends. Hier dringen Gelehrte seinem Verstande Meinungen auf, anstatt ihn zur Wahrheit zu führen; dort entzieht man seinem Herzen reelle Güter der Zufriedenheit und zeigt ihm Scheingüter, nach welchen er vergebens strebt.

Man verschleiert ihm den Anblick der reinen Wahrheit, verbindet sein helleres Auge mit der Binde der Gewohnheiten und Vorurteile und führt ihn so auf grenzenlose Abgründe hin.

So nähert sich der Mensch unter beständigen Stürmen dem Ende seines Lebens, und hier drückt sein fürchterliches Schicksal das schwarze Siegel auf das Dekret, das ihn verurteilte, in dieses Tal der Zähren zu kommen.

Eine der Natur ganz widrige Behandlung der Arzneikunde martert seinen Körper durch methodische Unwissenheit, und unbefriedigender Trost oder kahle Zeremonien quälen seinen Geist, gerade in der Zeit, wo er seine große Bestimmung fühlt und die Wege sucht, die er hätte wandeln sollen.

Wie traurig ist der Gedanke, wenn wir uns vorstellen, daß die nämlichen Elemente auch unsern

Körper zusammensetzen, daß unser Geist unter dem nämlichen physischen und moralischen Drucke leidet, daß die nämlichen Irrtümer, Fehler und Unordnungen auch unser Anteil sind. Die nämlichen Tyrannen opfern uns auf, die unsere Brüder aufopfern, und wir entreißen ihnen ihre Werkzeuge der Ungerechtigkeit, um Ruhe und Zufriedenheit wieder andern zu rauben.

Gott im Himmel! so ist die Atmosphäre beschaffen, in der wir leben. Alles vergiftet uns – – –

Irrtümer und Vorurteile unsern Verstand;
Begierden und Leidenschaften unser Herz;
Verbrechen und Laster unsere Wesenheit.

Wer getraut sich bei diesem Gedanken die Luft noch einzuatmen, die ihn umgibt? – Zittert man nicht, seinen Blick zu erheben – sich zu bewegen und zu fühlen? Und doch lebt ein großer Teil der Menschen so ruhig, läßt sich hinreißen, wie ein toter Körper vom Strome hingerissen wird! –

In dieser Atmosphäre lebst du. Dieses dunkle Gewölbe, das dich umgibt, ist die Rinde der Irrtümer, der Vorurteile, der Leidenschaften und Laster der Menschen, die dir den Anblick des reinen Lichts der Vernunft und der Natur rauben. Die Skelette, die du sahst, sind die Menschen, die bei dem sterbenden Scheine der Lampe ihrer Vernunft die Toten zu Grabe tragen, da sie selbst tot sind. In diesen Särgen liegt der Verstand, das Herz oder der Wille, und die Tätigkeit ermordet und tot.

48

Vorurteile sind die Mörder des Verstandes;

Irrtümer die Mörder des Herzens;

und Leidenschaften die Mörder deiner Handlungen. Wider diese fordere ich dich auf zur Fehde, und sieht dein Verstand die Wahrheiten ein, die ich dir sagte, so werden diese Toten von ihrem Schlafe erwachen und du wirst würdig des Anblicks des Lichtes sein. – – –

Hier schlug der Alte dreimal mit einem Hammer auf jeden Sarg; sie öffneten sich, und drei engelschöne Gestalten erhoben sich in ätherischer Kleidung. Sieh Kosti! fuhr er fort, wie groß die Menschenbestimmung ist! Wie herrlich die Kräfte, die in uns schlummern! Zu solchen Engelsgestalten kann sich unser Verstand, unser Wille, unsere Tätigkeit erheben, wenn wir der Stimme der Gottheit treu sind.

Sieh Kosti! Tot ist die Materie, aus der dieser Hammer gemacht ist – tot die Materie der Särge, worin die Kräfte schlummerten: aber meine Kraft erweckte aus der toten Materie den geistigen Ton, der in ihr verschlossen lag; er durchdrang den Kerker, in dem er gefesselt war und ging ins Reich der Töne über. – So entwickelt sich die göttliche Kraft, die in der Hülle deines Körpers schlummert, und unabhängig folgt sie dem Gesetze höherer Kräfte.

Hier schwieg der Alte, das Gewölbe öffnete sich über Kostis Haupt, und die drei erweckten Kräfte in ätherischem Gewande umschlangen ihn und trugen ihn aus dem Abgrunde der Finsternis, wo er war, in die Regionen des Lichts.

Da umarmte die Handlungskraft die Kraft des Willens und wurde eine Gestalt; und die Kraft des Willens umarmte die Kraft des Verstandes und wurde ebenfalls eine Gestalt, so, daß diese drei Gestalten eine einzige bildeten, welche an Schönheit und Licht den dreien gleich war. Diese verwandelte Gestalt umgab ein außerordentlicher Schimmer, und ihre Schönheit glich der Schönheit eines geistigen Wesens. Diese Gestalt sagte zu Kosti: Ich bin dein guter Geist, der dir immer zur Seite sein wird, wenn du deinen Schwüren treu bleibst. – –

Die Gestalt verschwand, und Kosti war nun wieder an der Schwelle der Hütte des Einsiedlers, und er wußte nicht, ob er geträumt oder gewacht hatte.

Nachdem Kosti eine Weile über dieses und alles, was ihm bisher begegnete, nachdachte, näherte sich ihm der Einsiedler. Kosti! fing er an, du suchst Weisheit; sie ist das Höchste, was du hienieden suchen kannst. Die Götter haben dich wunderbare Wege geführt; überlasse dich ihrer Leitung, und verdiene sie durch reines Bestreben nach Wahrheit.

Der Durst nach Gutem,
nach Wahrem
nach Schönem

liegt in der Wesenheit des Menschen. Er ist die Triebfeder zur Wiedervereinigung mit der Einheit, die die Quelle des Guten, Wahren und Schönen ist. Aber die Verirrungen unseres Verstandes sind schuld, daß wir das Gute im Vielfältigen suchen, wo es nicht ist. Das Gute liegt nur in der Einheit; das Wahre nur im Innern, und wir suchen es im Äußern. Das Schöne liegt nur im Geistigen, und wir suchen es im Materiellen.

Daher alle unsere Verirrungen; – darin liegt unser Unglück; unsere Unzufriedenheit, unser Leiden hienieden.

Alles, was du hier um dich her siehst, Kosti, lag von Ewigkeit an im reinsten Verstande der Einheit als Idee.

Die Existenz dieses Universums ist Realisation dieser Ideen nach unveränderlichen Gesetzen der Einheit.

So lange der Mensch diese Realisation nach dem Gesetze der Einheit ansah, so fand er überall das Gute; er sah überall Gott in seinen Werken: als sich aber der Verstand im Vielfältigen verlor, so entstand notwendig Irrtum, denn er suchte im Äußern, was er im Innern hätte suchen sollen. Er nahm die Begriffe seines Verstandes nicht mehr von dem reinsten Verstande, sondern bloß von den Realisationen, und so nahm seine Seele Bilder auf, von denen er die Konstruktionen nicht mehr kannte.

Da der Verstand sein Gesetz verlor, so verlor auch der Wille das seinige, denn der Wille oder die Selbsttätigkeit des Menschen sollte bloß die reinen

Ideen des Verstandes unter dem Gesetze der Einheit realisieren.

Das Herz verlor also die Basis seiner Handlungen; da es das wahre Gute nicht mehr kannte, suchte es das Falsche auf, und seine Begierden beschränkten sich bloß auf den Besitz des Äußeren, in welchem es nie Sättigung, nie Zufriedenheit finden konnte, weil das Äußere den Gesetzen der Zeit und Vergänglichkeit unterworfen war.

Verstandesbegriffe, welchen die Einheit nicht zugrunde liegt, sind die Quelle der Vorurteile und Irrtümer.

Begierden des Herzens nach äußeren Dingen außer dem Gesetze der Einheit sind schädliche Begierden.

Und die Realisationen dieser Begierden – sind Verbrechen.

Nach den unveränderlichen Gesetzen der Einheit folgt die Strafe auf alles, was der Ordnung der Einheit entgegen strebt.

Das Böse wird Folge der Verirrung des Verstandes.

Das Falsche wird Folge der Verirrung des Herzens.

Das Häßliche wird Folge der Verirrung der Handlungen.

Das Böse bestraft uns mit Finsternis, das Falsche mit Unzufriedenheit und das Häßliche mit Schmerz durch Mißvergnügen.

Nun, Kosti, kennst du deine Feinde und die

Feinde des ganzen menschlichen Geschlechts, welche du zu bekämpfen gelobt hast.

Führe also alles wieder zur Einheit zurück, wo das Vielfältige herrscht; suche das Äußere mit dem Inneren zu vereinen, das Materielle mit dem Geistigen; und deine Arbeit ist groß und göttlich, denn du gibst der Menschheit Glück, Zufriedenheit und Vergnügen wieder.

Hier umarmte der Einsiedler den guten Kosti, und Tränen der Liebe rollten über seine bleichen Wangen auf Kostis klopfenden Busen. Die Sonne verbarg sich unter den Hügeln, und die Nachtigallen sangen der Schöpfung ihr Abendlied.

Der Einsiedler holte Erfrischungen, und Kosti fühlte eine Zufriedenheit in seiner Seele, für die das Seelengefühl keine sinnlichen Worte hat.

Unterdessen deckten die Schatten der Nacht die Gegend; der Mond stieg langsam und prachtvoll hinter den großen Tannenbäumen hervor und versilberte die Spitzen der Gebüsche. Im prächtigen Silberlichte lag die Hälfte der Gegend, da die übrige Hälfte im grauen Schatten lag.

Kosti näherte sich einer Anhöhe, und die feierliche Stille der Nacht erhob sein Herz zur Anbetung.

Du betest, Kosti! sagte der Einsiedler; weißt du wohl auch, was beten ist?

Die Erhebung unserer Seele zu Gott ist Gebet; aber besteht dies wohl allein in äußeren Worten? – Alles Äußere muß, wenn es Wahrheit haben soll, Ausdruck des Innern sein.

Den Namen der Gottheit nennen, heißt, sie anrufen – diesen Namen in Geist und Wahrheit aussprechen, heißt anbeten.

Was heißt aber ein Name? Was heißt einen Namen aussprechen?

Die Eigenschaften, die die Wesenheit eines Dinges im ganzen Umfang bezeichnen, machen den Namen eines Wesens in der Natur.

Diese Eigenschaften realisieren, in Wahrheit, in Existenz bringen, heißt aussprechen.

So spricht Gott in der Schöpfung seinen unendlichen Namen in seinen Werken aus und verkündigt, daß er Allmacht, Liebe, Wahrheit, Weisheit, Güte, Gerechtigkeit und Ordnung ist.

Wenn dein Herz, Kosti, in der nämlichen Ordnung der Einheit Gottes Eigenschaften in Willen und Handlungen realisiert, dann betet dein Herz wahrhaft, und deine Seele nennt den Ewigen.

O Vater! rief Kosti, wie wahr fühle ich, daß alles das ist, was du mir sagst! Aber wie kamst du zu diesen großen Wahrheiten?

Es gibt ein Licht, Kosti, das jeden Menschen erleuchtet, der in diese Welt kommt; allein wenige nehmen dieses Licht auf, und verschließen sich daher selbst die Wege zur Weisheit. Es gibt große und heilige Geheimnisse; du findest sie aber nur unter den Kindern des Lichts. Es gibt Weise, die im stillen und abgesondert von Menschen leben, und ihnen sind die höchsten Geheimnisse anvertraut.

Von Erschaffung der Welt an bis zu ihrem Ende

geht die Kette der Weisen fort unter der Obsicht des Vaters der Lichter. Während der größte Teil der Menschen sich auf eitle Wissenschaften legt und an der großen Stadt der Verwirrung baut, arbeiten diese in tiefer Sille unter mildern Einflüssen eines sicheren Lichtes an einem Tempel des ewigen Geistes, der mehr als eine Welt ausdauern wird. Während unsere Zeitgenossen, des wahren Nachdenkens unfähig, lieber jeden Schein und Flimmer erwählen, als zu ernsten Untersuchungen über die höchsten Angelegenheiten des Menschen Lust und Beruf fühlen, finden sich hingegen andere, die nur im Geheimsten und Verborgensten der Dinge ihren Ruhepunkt erkennen, der des unsterblichen Menschen würdig ist. –

Und wenn es auch Menschen gibt, die es wagen, das Heilige gemein zu machen und das Göttliche herabzuwürdigen, um es mit den Gedanken ihrer Niedrigkeit ins Gleichgewicht zu bringen, so zeigen doch die, die der Lehre des Urlichts folgen, eine wahrhafte Weisheit, Schönheit und Stärke des Göttlichen aus ihm selbst, und eine Harmonie der heiligsten Vorrechte in den unbekanntesten Springfedern der Natur. Alles das, was ich dir sage, sollst du aus Erfahrung kennenlernen.

Allgemach steht der Mond senkrecht über unserm Scheitel; die Stunde der Mitternacht nähert sich, Kosti!

Der Mensch teilt die Zeiten des Tages in Morgen, Mittag, Abend und Mitternacht ein. Dies ist der Gang des äußeren Lichts.

Ganz verschieden aber ist der Gang des Lichtes im Innern. Der Mensch wird in der Dämmerung geboren; der Gang seines Geistes geht von Abend gen Mitternacht; je mehr er erwächst, je mehr er mit Menschen bekannt wird, desto mehr nähert er sich der Finsternis. Glücklich der, der in der Mitternacht dieses Lebens, in der die Welt liegt, das Licht des Morgens ahnt und treu seine Vollendung am Mittag erwartet.

Komm, Kosti, die Ruhe ist den Sterblichen nötig. – Arm in Arm wandelten sie in die Hütte zurück, und der Schlummer, das schönste Geschenk für den Ermüdeten, schloß Kostis Augen an der Seite seines Freundes.

Schon begann der Morgen wieder, als der Einsiedler aufmerksam den schlummernden Kosti betrachtete.

Guter Jüngling! rief er aus, o wie viel steht dir noch bevor, bis du deinen Weg vollendet hast! Mühsam ist deine Reise; aber Lohn erwartet dich an ihrem Ende. Leiden ist die Wiege der Tugend; Kampf die Bedingung des Sieges. – Erwache! jede Stunde ist kostbar; mit jeder Minute näherst du dich der Vollendung. Erwache, und nähere dich deiner Bestimmung.

Rasch sprang Kosti von seinem Lager auf und stürzte sich zu den Füßen seines Freundes.

Deinen Segen, Vater! sagte er, und deine Befehle! – Wo soll ich hin? Was soll ich tun, damit ich das vollende, was ich angefangen habe? –

Die Götter rufen dich nach Memphis, erwiderte ihm der Einsiedler; gehe hin und besuche dort die große Pyramide. Begehre sie zu besichtigen, und wenn du alles gesehen hast, was dir merkwürdig scheint, so überreiche dem, der dir alles zeigte, dieses Stück, das ich dir hiermit gebe zum Geschenke und überlasse das übrige den Göttern.

Der Einsiedler gab ihm eine goldene Medaille mit der Inschrift:

Er sucht das Licht
mit reinem Willen

Dann legte er seine Hände auf Kostis Haupt und sprach:

Die Quelle des Lichtes segne dich mit dem Segen der Erde! Sie segne dich mit dem Segen des Himmels! Sie segne dich mit ihrem Segen! Mit dem Segen des Heiligtums! Mit dem Segen der Stärke – des Verstandes und der Liebe! – –

Geh, und Klugheit schütze dich wider die Gefahren des Verstandes, Bescheidenheit wider die Gefahren des Herzens, und Mäßigung wider die Gefahren der Handlung. – Verschweige deinen Stand und deine Geburt und gehe im Frieden! –

Hier gab er Kosti den Kuß der Liebe, und mit

Tränen im Auge umarmten beide sich zum letzten Male.

Mit beklemmtem Herzen verließ Kosti seinen Freund; aber sein Vertrauen auf die Vorsicht stählte seinen Mut, und entschlossen trat er die Reise nach Memphis an.

Er war kaum einige tausend Schritte weit auf der Heerstraße gekommen, als er eine Menge Rosse, Kameltiere und Menschen erblickte. Er schloß daraus, daß es eine Karawane sein müsse, und faßte den Entschluß, die Reise mit derselben fortzusetzen. Kosti erstaunte über die Pracht, die da herrschte. Mit Gold und Perlen waren die Decken der Kameltiere gestickt, und überall war die äußerste Verschwendung angebracht. Eine Menge Kebsweiber wurden in Sänften getragen, und Sklaven folgten ihnen nach in den prachtvollsten Anzügen.

Kosti erfuhr von einem der Knechte, daß diese Karawane das Gefolge eines persischen Prinzen war, der nach Memphis reiste, um dort den Priesterwissenschaften obzuliegen und die große Kunst der Magie zu studieren. Dein Prinz, sagte Kosti, muß wohl ein edler Jüngling sein, daß er eine so weite Reise antritt, um Weisheit zu holen? –

Ja, das ist er gewiß, erwiderte der Knecht; aber wir hätten das alles nicht nötig, wenn es nicht so Herkommens wäre. Es gehört zur Pracht unserer Könige, daß sie reisen; sie sind reich und mächtig genug, und haben nicht nötig, etwas zu lernen, aber es ist so die Gewohnheit, und die Leibärzte fanden die Luftveränderung für den Prinzen auch dienlich.

Werdet ihr euch wohl lange in Memphis aufhalten?

So lange als es uns gefällt. Unser Prinz wird die Mysterien besehen und die, welche ihm gefallen, den Priestern abkaufen. Wir haben Gold und Juwelen genug. Und was ist denn dein Geschäft?

Ich reise ebenfalls nach Memphis, um dort meinen Verstand und mein Herz zu bilden.

So reise mit uns. Mein Prinz ist großmütig. Ich weiß es gewiß, er kauft den Priestern alle ihre Wissenschaften ab, und wenn du mit ihm umgehen kannst, läßt er dir umsonst vieles zukommen, und du brauchst nicht viel zu betteln. Ich will dich bei ihm einführen, denn du gefällst mir. Wenn du nur ein wenig zu etwas nütze bist, so stellt er dich bei seiner Bedienung an. Was kannst du?

Ein alter Greis, der mich erzog, unterrichtete mich in der Kräuterkunde. Ich spreche die chaldäische Sprache und verstehe mich auch etwas auf die Wahrsagekunst.

Genug, um dein Glück bei uns zu machen!

Der Diener führte den jungen Kosti bei seinem Herrn ein, und der Prinz befahl, für den Jüngling zu sorgen, daß ihm an Speise und Trank und Bequemlichkeit nichts mangele.

Kossak hieß der persische Prinz, ein Jüngling,

erzogen in allen Wollüsten des Hofes, verdorben durch Schmeichler, ein Sklave seiner Leidenschaften und Launen. Er war gut aus Schwäche, wenn ihn gut sein weniger kostete als böse sein; er war aber auch böse, wenn er es ohne viel Anstrengung sein konnte. Es kostete ihn ebensowenig, zu sagen: Versorgt diesen! als es ihn kostete zu sagen: Nehmt jenem das Leben!

Seine Lieblinge wußten ihn am Gängelbande seiner Leidenschaften zu führen, und der erste Sklave am Hofe war Kossak selbst. Bei allem dem war er furchtsam und abergläubisch, denn da er keinen eigenen Verstand, keinen eigenen Willen hatte, hingen alle seine Handlungen vom Zufalle ab.

Es fügte sich, daß binnen der langen Reise nach Memphis Kossak im Traume ein wunderliches Gesicht hatte.

Er schien ihm, als stünde ein großes Getreidemaß auf der Weltkugel. Dieses Maß war angefüllt mit Menschen von verschiedenen Ständen. Über das Maß ragten die Turbane der Sultane, die Kappen der Mufti und die Helme der Krieger heraus – auch Spieße, Lanzen und Richterstäbe. Da kam eine Hand aus einer Wolke und hatte ein Streichmaß, und dieselbe strich über das Getreidemaß hin, und alle Turbane und Kappen, Spieße und Stäbe wurden abgestrichen, und das Maß war eben, und kein Kopf reichte über den andern hinaus.

Das zweite Gesicht war noch wunderlicher. Er glaubte auf einem prächtigen Throne zu sitzen. Die Füße des Thrones waren von Kristall; rings umher waren Lampen, und der Widerschein dieser Lampen machte eine so seltsame Wirkung, daß man glaubte, der Thron wäre mit Diamanten besetzt.

Da erlosch eine Lampe nach der andern, und des Thrones Glanz nahm immer ab.

Vorwärts des Thrones war eine Wand von Metall. Die Ersten am Hofe hielten sie, und in goldenen Buchstaben war dem Könige gegenüber auf diese Wand „G l ü c k s e l i g k e i t d e r V ö l k e r" geschrieben. Rückwärts war die Wand von Eisen, und es ragten lange Spitzen daraus hervor und verhinderten, daß sich der Untertan dem Throne nähern konnte.

Die die Wand von Metall hielten, waren von kolossaler Größe und Riesenstärke, und drängten mit der Wand immer den Pöbel zurück, so oft er sich dem Throne nähern wollte.

Seitwärts standen sieben Tiere; eines schien einem Pfaue, das andere einem Hunde, das dritte einem Maulwurfe, das vierte einem Schweine, das fünfte einem Murmeltiere, das sechste einem Nimmersatt und das siebte einem Tiger zu gleichen. Jedes dieser Tiere hatte einen Saugrüssel, und sie fingen an, an denen zu saugen, die die metallene Wand hielten. Da wurden diese so kraftlos und matt, daß sie aussahen wie Skelette, und da der Pöbel wieder gegen die metallene Wand drang, so konnten sie dieselbe nicht mehr halten; sie stürzte ein und schlug den Thron, worauf Kossak saß, zusammen.

Das dritte Gesicht war folgendes. Es deuchte den Prinzen, sein Kopf und seine Brust wären zu einer fürchterlichen Größe aufgeschwollen, binnen der Zeit seine Füße und Schenkel völlig auszehrten. Die ausgezehrten Füße und Schenkel konnten die Masse des abenteuerlichen Kopfs und der Brust nicht mehr erhalten. Kossak stürzte zusammen und streckte seine Füße weit über sich aus.

Der Prinz war sehr begierig, den Sinn dieser Traumbilder zu wissen. Er ließ seine Gelehrten und Magier zusammenrufen; aber keiner war imstande, diese Träume auszulegen. Da erinnerte sich Kossak, daß man ihm gesagt hatte, daß Kosti des Wahrsagens kundig sein sollte. Er ließ ihn daher zu sich rufen und erzählte ihm seine Träume.

Prinz! sagte Kosti, diese Träume sind sehr bedeutend für dich und dein Reich. Ich will sie dir auslegen; sieh sie als eine Warnung der Götter an, und folge dem Rate, den ich dir gebe.

Kossak ließ in der nächsten Gegend, wo es bequem war, seine Zelte aufschlagen; er versammelte seinen Hof, der ihn begleitete, um sich her, und Kosti fing so an:

Das große Maß, sagte er, das du sahst, Prinz, und das auf der Weltkugel stand, ist das Maß der

Zeit. Alles in der Natur hat seine Zahl, sein Maß, sein Gewicht. Wenn die Zahl ihre Völle erreicht hat, ist die Rechnung geschlossen; das Maß wird abgestrichen, und das Gewicht determiniert sich nach seiner Schwere. Unveränderlich sind die ewigen Gesetze; nichts hat Bestand, was nicht diesen Gesetzen folgt.

Die Menge der Turbane, Kappen, Spieße, Helme und Stäbe sind die Sinnbilder der äußeren Größe der Menschen, die alle durch die Zeit, die die Hand aus den Wolken ist, abgestrichen werden, weil sie bloß Werke der Menschen sind. Nicht der Lorbeer, den der Gelehrte trägt, macht den Weisen, sondern die Weisheit; der Helm macht nicht den Helden, sondern sein Mut und seine Taten; nicht die Priesterkappe macht den Priester, sondern sein Herz; der Turban macht nicht den Verstand, sondern die Erhabenheit des Geistes und der Seele; nicht der Stab macht den Richter, sondern die Befolgung des Gesetzes, das in der Wesenheit der Dinge liegt. Das wird allein bleiben, was ewig und wesentlich ist; alles andere ist Menschenwerk und vergänglich.

Lerne also, Prinz, den Urheber der Natur kennen und die ewigen Verhältnisse, und suche diese anzuwenden.

Das zweite Gesicht ist noch bedeutender.

Der Thron, auf dem du saßest, und dessen Füße von Kristall waren, zeigen die Schwächlichkeit der menschlichen Größe an, die zwar blendend ist, deren Schwäche aber der kennt, der in das Innere der Dinge sieht. Die zwei kolossalen Figuren, die eine metallene Wand zwischen dir und dem Pöbel hielten, sind die Sinnbilder deiner Emirs und deiner Bonzen. Ihre Stärke zeigt an, daß sie würdige Stützen des Reiches sein könnten; allein sie türmten eine Wand von Metall auf und verwendeten ihre Stärke, diese zu tragen. Das Metall ist das Sinnbild des schwersten und festesten Körpers, der alles in sich konzentriert, und daher eine Scheidewand zwischen dem Untertan und dem Throne wird.

Dir gegenüber war mit goldenen Buchstaben „Glückseligkeit der Völker" geschrieben. Das bedeutet, Fürsten können durch diese Scheidewand nicht durchsehen; sie lesen die Glückseligkeit ihres Untertans nur in Buchstaben und sehen die eiserne Wand und die Spitzen nicht, die das Zudringen des Volks zum Throne zurückhält. Die Lampen, die um deinen Thron standen, und wovon das Kristall seinen Schimmer erhielt, sind Sinnbilder der Vorurteile, weil sie nur von Menschen gemachte Lichter sind und nach und nach erlöschen. Die Tiere mit den Saugrüsseln sind die Leidenschaften; ihnen überlassen, entnerven sich die zwei Hauptstützen der Staaten, so daß sie zuletzt ihr eigenes Gebäude nicht mehr erhalten können: Die Folge ist der Umsturz und Untergang des Throns.

Dein Reich, so mächtig es ist, wird sinken, wenn du dem Verfalle desselben nicht vorbeugst. Lösche die Lampen selbst aus, und laß deinen Thron von der Sonne der Wahrheit beleuchten; räume die große Scheidewand zwischen dir und deinen Untertanen weg, und regiere nach den ewigen Gesetzen.

Das dritte Gesicht stellt deinen Hof vor. Der Kopf bist du selbst; die Brust ist der Adel, der dich umgibt. Da fließen alle besten Säfte des Staatskörpers zusammen, unterdessen deine Untertanen, die deine Füße vorstellen, und auf denen der ganze Staatskörper ruht, auszehren. Ganz natürlich kann der schwächere Teil den immer mehr anwachsenden Koloß nicht mehr ertragen, die Last wird immer drückender, und die Masse stürzt endlich zusammen.

Dieses Schicksal droht deinen Ländern, wenn du nicht Sorge trägst, dem Übel beizeiten zu steuern.

Kossak erstaunte über diese Auslegung der Traumbilder. Ich will dich mit Reichtümern überschütten, sagte er, wenn du mir auch Rat schaffst, wie ich dem Umsturze meines Reiches vorbeugen kann.

Ich will von dir keine Reichtümer, sagte Kosti; wenn ich dir nützen kann, ist es meine Pflicht; und das Vergnügen, einen Menschen der Wahrheit näher geführt zu haben, kann nichts Irdisches lohnen.

Der Umsturz deines Reiches liegt in der Anordnung deiner Regierung, denn nur Ordnung ist dauerhaft und beständig. Alles, was zur Unordnung führt, führt zur Zerstörung; dies ist das ewige Gesetz der Natur. Das Unordentliche ist nichts Bleibendes; es zerfällt und muß zerfallen, denn nur Ordnung ist bleibend und bestehend. Alles in der Natur verhält sich nach unveränderlichen Gesetzen. – Gesetz, Mittel, Zweck. Dieses ist der ewige Maßstab der Dinge. Die Gesetze, nach welchen ein Staat eingerichtet werden muß, sind die ewigen Gesetze; sie gründen sich auf die Kenntnis der Natur und Bestimmung des Menschen.

Der, der herrscht, ist das Mittel, diese Gesetze auszuführen; er muß das Organ der Kräfte sein.

Zweck ist die Glückseligkeit des Ganzen.

Wenn diese Ordnung verwechselt wird, so verfallen die Staaten. – Du, Prinz, hast deinen Willen zum Gesetz gemacht; dein Interesse zum Zweck, und bedientest dich der Menschheit als Mittel. Du verkehrtest also die Ordnung der Dinge, und die Folge davon – wird dein Verderben sein.

Die Selbsttätigkeit, oder der Wille des Menschen, muß unter den unveränderlichen Gesetzen der reinsten Vernunft stehen, und diese reinste Vernunft ist der Urheber aller Dinge. Die Natur ist sein Gesetzbuch, in welchem er seine Ideen in Worte hüllte, die der menschliche Verstand lesen muß. – Deine Wesire, deine Priester arbeiten vergebens, dem Untergange zu steuern, denn sie selbst arbeiten mit an dem Baue der großen Verwirrung. Jeder macht sich selbst zum Gesetz, seine Leidenschaft zum Zweck, und bedient sich der Verfassung als Mittel, den Ehrgeiz oder die Habsucht zu befriedigen. Wird also nicht das allgemeine Interesse von dem deinen getrennt? Und getrenntes Interesse durchkreuzt sich und reibt sich auf.

So soll das Göttliche das Gesetz des Priesters sein; er das Mittel, und die Religion und höchste Sittlichkeit des Menschen Zweck: aber betrachte einmal deine Bonzen – ist nicht ihr Selbst ihr Gesetz, ihre Habsucht ihr Zweck, und die Religion das Mittel, ihre Pläne auszuführen? Was hat dein Reich – wenn du je die Natur kennst – zu hoffen als den gänzlichen Verfall?

Du denkst sehr tief, sagte Kossak; aber wer bürgt mir, ob das alles so ist, was du mir sagst? Die Natur, antwortete Kosti, die Erfahrung und die Geschichte des Menschen. Wenn du nach Memphis kommst und dich in die Mysterien einweihen lässest, so wirst du weisere Menschen finden, als ich bin, und sie werden dir Aufschlüsse über Dinge geben, die mein geringer Verstand noch nicht zu begreifen vermag.

Als die Hofleute den Jüngling über so große und ernsthafte Dinge sprechen hörten, rümpften sie die Nase und suchten den Prinzen von der Fortsetzung seiner Reise nach Memphis abzuhalten. Sie gaben vor, daß wichtige Ereignisse des Reichs eine eilige Rückkehr des Prinzen forderten, und daß er daher die Zeit nicht mehr abwarten könne, die die Priester von jenen fordern, die sich in ihre Geheimnisse einweihen lassen wollen. Auch sei es bedenklich, daß der Erbprinz seine höchste Person gewissen Prüfungen aussetze, die den übrigen unbekannt sind.

Treue Diener des Hofes, besorgt für die höchste Erhaltung Kossaks höchster Person, fanden es also ratsamer, sich nicht zweifelhaften Vor- und Zufällen auszusetzen; sollte aber doch den Prinzen die Neugierde reizen, so könnte er ja diese Geheimnisse durch einen Dritten erfahren, den er mit dem jungen Kosti nach Memphis abreisen lassen könne.

Zu diesem Ende wurde Sorah, Kossaks erste Beischläferin gewählt, ihm die Sache, die so sehr mit der Erhaltung seiner Person verbunden war, begreiflich zu machen, und sie wendete alle Macht ihrer Reize an, den Kossak auf andere Gesinnungen zu bringen. –

Um der Sache mehr Gewicht zu geben, wandte man sich auch an den Leibarzt. Dieser stellte dem Prinzen vor, daß er von Kostis Vorhaben wüßte, und daß derjenige, der sich in die Priestergeheimnisse initiieren lassen wolle, ganze drei Monate sich alles Umgangs mit den Weibern enthalten, nüchtern leben und sich einsamen Betrachtungen weihen müßte. Diese ungewöhnliche Veränderung der Lebensart könnte nicht anders als dem Prinzen nachteilig sein; die Gewohnheit sei eine zweite Natur, und ernste Betrachtung und Einsamkeit würden ihm ein melancholisches Geblüt verursachen.

Aber ungeachtet aller dieser Gründe war Kossak

doch noch nicht entschlossen. Er ließ den Ober-
priester zu sich rufen.

Du weißt, fing er an, die Gründe, die man mir
vorlegt, um die Reise nach Memphis nicht weiter
fortzusetzen; aber du weißt auch, daß ich meinem
sterbenden Vater auf dem Totenbette schwören
mußte, mich in der Regierungskunst bei den Priestern zu Memphis unterrichten zu lassen.

Herr! sagte der Mufti, ihr habt eurem Schwure
genug getan; die Umstände konnte man nicht vor-
sehen. Seid ruhig; ich nehme alles über mich, und
entlaste euch eurer Verbindlichkeit durch meine
Macht. Verlaßt euch in euren Handlungen bloß auf
mich, so habt ihr vor den Göttern nichts zu verant-
worten. Baut den Göttern neue Tempel, schützt
unsern Stand und unsere Würde; straft die, die wir
verdammen, und lohnt die , die wir der Belohnung
würdig finden, so ist euer Gewissen vorwurffrei.

Nun war Kossaks Gewissen beruhigt, und der
Befehl erging, die Karawane solle wieder zurückkehren.

Unterdessen wurde Gamma, ein persischer
Jüngling, erwählt, die Reise mit Kosti fortzuset-
zen. Man gab ihm zwei Diener und zwei beladene
Kameltiere und Edelsteine und Juwelen mit.

Kosti dankte dem großmütigen Kossak, und der
Prinz ersuchte ihn, daß er, wenn er Memphis verlassen würde, zu ihm zurückkehren sollte, und ver-
sprach ihm eine ansehnliche Staatsbedienung.

Die Hofleute aber bestachen mit Geld die zwei

Diener, welche den beiden Jünglingen zur Begleitung mitgegeben waren, daß sie sie auf der Reise
heimlich aus dem Wege räumen sollten: denn wir
finden, sagten sie, daß solche Menschen bei uns gefährlich sind.

Kossak kehrte mit seiner Karawane zurück, und
Gamma und Kosti setzten ihre Reise nach Memphis fort.

O wie danke ich den Göttern, rief Gamma aus,
daß sie meinen heißen Wunsch erhört haben! – Immer bat ich sie, daß sie mich die Wege der Tugend
führen möchten, und nun – gewähren sie mir über –
dies einen Freund, wie Kosti ist.

Edler! erwiderte Kosti, auch du batest die Götter um Weisheit! – Gleich ist unsere Denkart,
gleich sind unsere Wünsche. Unsere Herzen sollen
eins – unsere Seelen eins werden.

Gütig sind die Götter, fuhr Gamma fort. Ich
ward am Hofe erzogen; aber nie konnte mich seine
Größe blenden. Wenn sich die Tafeln unter der
Last der Speisen beugten, wenn die teuersten Ge-
tränke in goldnen Bechern schäumten, war meine
Seele traurig; ich sehnte mich nach Einsamkeit und
fand Ruhe in stiller Betrachtung; mein Herz ver-
langte nichts als einen Freund – einen Führer.

So keimt eine Lilie doch auch unter Dornen auf,
und so findet sich manche prachtvolle Ähre auf
dem dürren Wipfel einer stillen Klippe.

Einheit der Empfindung verbindet bald gleich-
gestimmte und ähnliche Seelen.

Kosti und Gamma wurden unzertrennliche Freunde. Sie schwuren, sich ewig zu lieben, die Straße der Tugend Hand in Hand zu wandeln, und die Gefahren des Lebens miteinander zu teilen.

Unter den angenehmsten Unterhaltungen legten sie eine ganze Tagereise zurück. Der Tag neigte sich gegen den Abend; aber die Sonne verbarg ihren rötlichen Abendschmuck; Wolken deckten den Horizont, ein heftiger Sturmwind erhob sich und nötigte die Reisenden, Zuflucht unter den Bäumen zu suchen.

Es war eine wilde Gegend, wo sie Halt machen mußten; ein hervorragender Felsen, unter welchem ihre Kamele lagerten, schützte sie vor dem heftigen Regen.

Der Sturm ging endlich vorüber; der Regen ließ nach; ungefähr hundert Schritte von dem Felsen, unter welchem ihre Kameltiere standen, war im Freien eine niedliche Höhle, und Gamma und Kosti entschlossen sich, darin die Nacht zuzubringen. Sie entdeckten ihr Vorhaben ihren Dienern und verließen sie.

Kaum trat Kosti an der Seite seines Freundes in die Höhle, als er einiger junger Löwen gewahr wurde. Zum Glück der Reisenden war die Löwin um Nahrung ausgegangen; schnell zogen sie sich zurück, und da der Himmel wieder heiter wurde, setzten sie sich unter einen Pappelbaum und brachten unter ihm die Nacht zu.

Schon schloß der Schlummer ihre Augen, und der Schleier der Nacht deckte schon tief die Gegend, als einer von Gammas Dienern seinen Kameraden aufweckte und so zu ihm sprach: Steh' auf! Die Nacht ist günstig, unser Vorhaben auszuführen. Komm, wir wollen Kosti und Gamma töten, wie wir es den Hofleuten versprochen haben. Der Lohn ist groß, und die Kameltiere und der Schmuck sind auch unser.

Nun standen die beiden Bösewichter auf, nahmen ihre Schwerter und schlichen mit einer Lampe der Höhle zu, wo sie vermuteten, die Beute anzutreffen, die sie aufopfern wollten. Unterdessen aber kehrte die Löwin zurück, und kaum taten die Mörder den ersten Tritt in die Höhle, als sie den einen wütend angriff und zu Boden riß. Der zweite entfloh, aber die Löwin verfolgte ihn, warf ihn zu Boden und zerfleischte ihn so, daß ihm die Eingeweide aus dem Leibe hingen.

Durch das jämmerliche Geschrei, das der Mörder ausstieß, erwachten Kosti und Gamma; sie ergriffen ihre Waffen und eilten dem Leidenden zu Hilfe; aber der Unglückliche war nicht mehr zu retten. Er erzählte die ganze Geschichte seines schwarzen Vorhabens und warnte die beiden Jünglinge, daß sie nicht nach Persien zurückkehren sollten. Großmütig vergaben Kosti und Gamma ihren Feinden, und in Gammas Armen gab der Sterbende seinen Geist auf.

Kosti dankte den Göttern für ihre wunderbare

Rettung, und am Morgen machten sie dem Verstorbenen ein Grab und streuten wohlriechende Kräuter darauf und baten die Götter um Gnade für den Erwürgten.

Sie verweilten in dieser Gegend noch bis am Mittag, als ihnen ein persischer Kaufmann mit Kameltieren aufstieß. Er erzählte ihnen, daß er verunglückte, da ihm Räuber alles abgenommen hätten, was er erwarb. Freunde, sagte er, ich bedaure den Verlust meines Vermögens nicht meinetwegen, denn wahrlich bestimmte ich ihn nicht für mich. Ich war gesinnt, an der großen Einöde ein Pfleghaus für Reisende zu bauen, um dort den Kranken zu pflegen und den Ermüdeten gastfrei zu bewirten. Aber nun ist meine Hoffnung vereitelt. – Sie ist es nicht, sagte Gamma. Wir besitzen Juwelen und Gold; hier ist alles, ziehe hin mit unsern Kamelen und vollende dein Werk und steuere dem Menschenelend, soviel du kannst. Kosti und Gamma gaben ihre Kostbarkeiten samt den beiden Kamelen dem edeldenkenden Kaufmann und behielten nur soviel für sich, daß sie ihre Reise nach Memphis fortsetzen konnten.

Wie soll ich euch danken! sagte der Kaufmann. Wenn die Götter dir Reichtümer schenken und du kommst in einen ähnlichen Fall, so tue desgleichen; erweise den Unglücklichen Gutes, und du hast uns alles reichlich vergolten.

Gamma blickte zum Himmel auf und umarmte

seinen Freund Kosti. Zufriedener als jemals setzten sie ihre Reise fort, und das Bewußtsein der Tugend folgte ihnen als Gefährte. – Lange sah ihnen der Kaufmann staunend nach und wußte nicht, was er von ihnen denken sollte. Entweder, sagte er, sind es Götter in menschlicher Gestalt, oder Menschengestalten mit Götterseelen. Er warf sich zur Erde nieder, und ein Strom von Tränen netzte sein Angesicht. Sein Herz schwoll und pochte vor Dankgefühl, voll von heiligen Empfindungen für die Gottheit.

Endlich langte Kosti in Gesellschaft seines Freundes Gamma, nachdem der Mond dreimal neu ward, glücklich in Memphis an.

Ihre erste Beschäftigung war, die große Pyramide zu besuchen, die man unter die sieben Wunder der Welt zählte. Sie war, wie die übrigen Pyramiden, auf eine große Felsenmasse gebaut. Ihre Basis war ein vollkommenes Quadrat, und ihre Oberfläche vier gleichseitige Triangel. Diese vier Dreiecke waren mit der größten Genauigkeit angebracht, und sie zeigten die vier Kardinalpunkte, als: Aufgang, Untergang, Mittag und Mitternacht an. Sie waren mit Kalksteinen gebaut und mit weißem Marmor überkleidet. Diese Steine nahmen immer verhältnismäßig an Größe ab, wie die Höhe der Pyramide zunahm, und bildeten eine große Treppe, wovon die ersten Stufen ungefähr vier Fuß an Maß hielten. Die Stufen nahmen in einer unmerklichen Proportion gegen die Spitze der Pyramide immer ab, bis sie gänzlich in einen Punkt zu verschwinden schienen, welcher scheinbare Punkt doch fünfzehn Quadratschuhe enthielt.

Oberhalb der sechzehnten Staffel, der Nordseite zu, befand sich eine Öffnung von drei Quadratschuhen und ein Gang von der nämlichen Höhe. Man war gezwungen, wenn man das Innere der Pyramide sehen wollte, auf den Händen durchzukriechen.

Viele Fremde, die gekommen waren, die Pyramide zu besehen, ließen sich hier schon abschrekken und kehrten zurück; einige wagten es, und ihre Neugierde führte sie weiter. Dieser Gang leitete in einen andern, der noch weit beschwerlicher war, weil man in ihm bald aufwärts, bald abwärts kriechen mußte. Endlich kam man unverhofft zu einer fürchterlichen Zisterne, in deren Tiefe eine Lampe brannte, deren schwacher Schimmer dem Auge einen schaudervollen Abgrund zeigte.

Hier konnte man nicht mehr weiter: die innern Wände der Zisterne waren mit schwarzem Mastix belegt und glatt wie polierter Marmor. Bei diesem fürchterlichen Anblick kehrten gewöhnlich alle Fremden zurück; nur Kosti und Gamma blieben.

Der Alltagsmensch, sagte Kosti, läßt sich durch jeden Widerstand abschrecken, der seinen Sinnen auffällt; der Vernünftige überlegt und sucht, ob er die scheinbaren Hindernisse nicht übersteigen kann.

Als Kosti diese Worte aussprach, öffnete sich seitwärts eine Wand; ein Priester in weißer Kleidung trat hervor. Jünglinge, so fing er an, ihr verdient einen Freund, der euch weiter führt, denn ihr hängt nicht an den gemeinen Vorurteilen. Kosti und Gamma wurden von dem Priester durch die Öffnung, die sich hinter ihnen wieder schloß, weiter geführt, und eine sehr bequeme Treppe führte sie bis in den Grund der Zisterne, wo die Lampe stand.

Jünglinge, fuhr der Priester fort, der größte Teil der Menschen läßt sich abschrecken, das Licht zu suchen; unüberwindlich scheinen ihnen die Beschwernisse zu sein, wo der Tieferdenkende einen leichten Weg findet. Hier führte sie der Priester noch eine Treppe hinunter, die hundertdreißig Stufen enthielt. Da war ein langer Gang, dessen Wände mit einer Menge Lampen beleuchtet waren.

Gebt auf alles acht, sagte der Priester, was ihr seht, denn alles ist Sinnbild der großen Wahrheiten der Natur. Der enge Gang war das Sinnbild der Beschwernisse, die dem aufstoßen, der Weisheit sucht. Ihr mußtet euch tief zur Erde beugen, um durchzukommen; hierdurch will euch die Wahrheit zu verstehen geben, daß des Menschen Stolz nicht zur Weisheit führt, daß der Mensch die Niedrigkeit seines Zustandes erkennen, die gewöhnliche

Straße verlassen und mit höherer Demut höhere Erleuchtung suchen müsse. Endlich saht ihr eine Lampe – aber in einer weiten Entfernung und in einer unzugänglichen Zisterne; eure Entschlossenheit hat euch einen Begleiter erworben, der euch einen Weg zeigte, den Alltagsmenschen nicht kennen. – Nun seht ihr hier mehrere Lichter – einen helleren Gang – ein Sinnbild für euch, daß es in dem Gesetz des Lichts liegt, den immer mehr zu erleuchten, der das Licht mit reinem Herzen sucht.

Bei diesen Worten öffnete sich unter des Priesters Füßen eine eiserne Türe, er sank in die Tiefe, und über seinem Scheitel schloß sich die Öffnung zu.

Kosti und Gamma wandelten den unübersehbaren Gang durch, und das Ende desselben war mit einer ehernen Pforte geschlossen. Sie standen eine geraume Zeit an dieser Pforte, und da sie keine Menschenseele hörten, enschlossen sie sich, anzupochen.

Kaum klopften sie an, so öffnete sich die Pforte von selbst, und ein prächtiges Gewölbe mit den herrlichsten Monumenten stellte sich ihrem Anblick dar. Verschiedene Lampen erleuchteten es, und seltene Grabmäler und Särge setzten die Fremdlinge in Verwunderung.

Hier ist die Stätte des Schlummers, so tönte eine Stimme aus den Gräbern. Die, die den Tod überwunden haben, ruhen hier und erwarten die Auferstehung.

Währenddem erschienen acht schwarzgekleidete Männer und trugen zwei Totensärge, und zehn geharnischte Männer mit blanken Schwertern stiegen aus einem Grabmal hervor.

Unvorsichtige, rief einer, wohin hat euch eure Neugierde geführt? Kein Profaner betritt ungestraft dieses Gewölbe. Ihr müßt sterben. – Noch steht es euch frei, zurückzukehren; setzt ihr aber euren Fuß noch um einen Schritt weiter, so ist euer Schicksal entschieden, und – Tod ist eurer Anteil.

Wir suchen Weisheit, sagte Kosti, und wer du immer seist, du sollst uns durch deine Drohungen nicht abschrecken, sie zu suchen; sollte es uns auch das Leben kosten, so wollen wir es hingeben, aber nie unsern Entschluß ändern. Besser mit dem Entschluß, weise zu werden, sterben, als mit dem Bewußtsein, nie weise werden zu können, leben.

Dreister Jüngling! Verschmähe meine Warnung nicht, kehre zurück; ein dreifacher Tod erwartet dich. Frevle nicht mit einer unbekannten Macht, von der du keine Ahnung hast. Du bist jung; noch erwarten dich die Freuden des Lebens; – willst du mit Gewalt lebendig begraben werden? Berechne die Zeit, die du noch leben kannst; die Wollust lächelt dir zu; die Liebe streckt ihre Arme nach dir aus; bedenke, welchen Wert das Leben hat! –

Ohne Weisheit leben, erwiderte Kosti, hat keinen Wert für uns. Bist du ein Engel der Finsternis, ein unseliger Dämon, der uns verhindern will, unser Vorhaben auszuführen, so vollziehe dein Amt; die Götter, die unser Herz kennen, werden uns schützen.

Bei diesen Worten drangen die geharnischten Männer auf die Jünglinge los, rissen sie zu Boden und banden ihnen Hände und Füße. Sie steckten jeden in einen Sarg, schlossen den Deckel desselben eilends zu, und ließen die Särge in eine tiefe Gruft hinunter. Ein trauriger Totengesang ertönte in der Gruft, und klägliche Stimmen sangen:

> Legt, Sterbliche, die Raupenhülle ab;
> Dreifach sei euer Tod.
> Fühlt euer Elend, eure Not
> In eures Geistes Grab.

Beinahe zwei Stunden befanden sich Kosti und Gamma in diesem schrecklichen Zustande. – Todesstille herrschte um sie her, und wirklich glaubten sie, lebendig begraben worden zu sein. Obwohl sich Kosti immer tröstete, es werden alle diese Zeremonien ihre Absicht haben, so dauerte ihm doch die Zeit zu lange, denn keine lebende Seele ließ sich hören. Kosti entschloß sich zu rufen, und schrie um Hilfe.

Kaum hatte er das Wort Hilfe ausgesprochen, als er merkte, daß sich etwas seinem Sarge näherte. Man öffnete leise den Deckel, und ein Priester im Trauergewande stand mit einer Totenlampe in der Hand vor ihm. Du hast um Hilfe gerufen? sagte er.

K o s t i . Ja!

Priester. Warum hast du es nicht eher getan?

K o s t i . Weil ich glaubte, ihr würdet mich nicht in diesem Sarge verschmachten lassen.

P r i e s t e r . Wir haben noch keinen verschmachten lassen; aber wer der Hilfe bedarf, muß rufen. Was willst du?

K o s t i . Führe mich aus diesem fürchterlichen Orte.

P r i e s t e r . Das will ich: aber vergiß diesen Auftritt nie, und lerne den inneren Sinn dieser Zeremonie kennen.

Nun rief auch Gamma um Hilfe, und der Priester verfuhr mit ihm auf die nämliche Art. Er band beide los, setzte sich mit ihnen auf ein Grabmal und fing so an:

Wer anfängt weise zu leben, muß der Torheit absterben.

Ein neues Leben muß euern Verstand, ein neues Leben euern Willen, und ein neues Leben eure Handlungen beleben.

Bevor ihr zu diesem Leben aufersteht, müßt ihr den Irrtümern des Verstandes absterben,

den Gelüsten und Begierden eures Herzens,

und den schändlichen Handlungen und Lastern eures irdischen Lebens.

Dies sind die drei Raupenhüllen, die ihr ablegen müßt, um in reinern Regionen der reinsten Vernunft, des reinsten Willens und der reinsten Handlungen zu leben.

Leiden und Sterben ist euer Anteil; diesem Gesetze ist auch der Geist unterworfen, wenn er geistig leben und auferstehen will.

In dem Augenblick, in welchem sich der Keim der reinen Vernunft in euerm Verstand zu entwickeln anfängt, werdet ihr anfangen, die Unordnung der menschlichen Irrtümer einzusehen. Das Gute wird mit dem Bösen kämpfen, die Wahrheit mit dem Falschen; euer Verstand wird über euern eigenen Zustand und den Zustand der Menschen, eurer Brüder, leiden; endlich werden immer reinere Begriffe die Vorurteile abschütteln, ihr werdet ihnen gänzlich absterben, und euer Verstand wird in den Regionen der reineren Vernunft erwachen.

Auf gleiche Art wird es mit eurem Herzen zugehen. Die reine Vernunft wird Einfluß auf euren Willen, auf eure Selbsttätigkeit, auf euer Herz haben. – Ihr werdet über die Scheingüter, welchen ihr und die Menschen, eure Brüder, nacheilt, zu leiden anfangen; die Wahrheit wird den Irrtum unterjochen, und euer Herz wird, neugeboren, das Organ der reinsten Vernunft werden, so wie die unverdorbene Natur einst das Organ der Gottheit war.

Wenn also euer Verstand und euer Herz die Vorrechte ihrer Erstgeburt wieder erlangt haben, so werden auch eure Handlungen diesen gemäß sein, und euer ganzes Wesen wird erneuert werden.

Dies ist die große Bestimmung, die jeden Menschen erwartet, wenn er seine Würde kennenlernt. – Dies ist die große Wiedergeburt, zu welcher nach dem unveränderlichen Gesetze der Einheit das ganze Menschengeschlecht hinarbeitet, unter Leiden und Kampf, bis es die Raupenhülle der Vorurteile und Irrtümer und der Laster, ihrer notwendigen Folgen, abgelegt hat, und das Urprinzip des Guten seine Alleinherrschaft behaupten wird.

Groß sind die Wahrheiten, die im innern Heiligtum unserer Mysterien liegen. Ein Schleier des Geheimnisses verdeckt sie dem Auge desjenigen, der unfähig ist, Wahrheit zu fühlen. Diesen nennen wir den Profanen oder den Fleischmenschen, der für die Dinge des Innern keinen Geist hat.

Der Mensch ist ein doppeltes Wesen, er ist Tier und Geist. Zum Geistmenschen macht ihn der Verstand, zum Tiermenschen sein verdorbener Wille. Immer will das Tier über den Geist herrschen, da doch die Vorrechte unserer Bestimmung darin bestehen, daß der Geist das Tierische beherrschen soll.

Diese große Kunst zu erlernen ist das erste Geheimnis in unseren Wissenschaften. Aber ich habe euch genug gesagt, ihr Jünglinge, wandelt den Pfad eurer symbolischen Prüfungen fort, und mit jedem Schritte kommt ihr der Wahrheit näher.

Hier öffnete der Priester die ehernen Tore des Totengewölbes und führte sie durch einen unterirdischen Gang bis zu einer Höhle. Da standen auf

82

einem Felsenstück ein silbernes Gefäß und zwei Becher von Kristall. Der Priester nahm das Gefäß und füllte die zwei Becher mit einem kostbaren Tranke an. Hier ist Labung, fuhr er fort, und Stärkung für euer Herz. Noch steht euch viel bevor; ihr habt Kräfte zum Kampfe nötig.

Gamma und Kosti leerten den Becher aus, den ihnen der Priester reichte, und neue Kraft belebte die kleinste ihrer Sehnen, und sie fühlten eine Lebenswonne in sich, die ihnen unerklärbar war.

Als der Priester sah, daß die Jünglinge gestärkt waren, rief er dreimal „G o b a !" und drei geharnischte schwarze Ritter erschienen mit zugezogenem Visier und hatten Feuerschwerter in ihren Händen, und auf ihren Helmen loderten Feuerflammen und wallten über ihren Rücken hinunter.

Euch übergebe ich, ihr Ritter der Stärke, sprach der Priester, diese Jünglinge. Führt sie durch die Kräfte des Verderbens, zeigt ihnen die Greuel der Verwüstung und des menschlichen Verderbens; aber schützt sie, daß ihnen kein Leid widerfahre, und bringt sie unversehrt an den Ort der Reinigung. –

Einer der schwarzen Ritter ging voran, die andern zwei nahmen Kosti und Gamma in die Mitte, und so stiegen sie die weite Öffnung der Felsenkluft – in die Abgründe der Hölle hinunter. Der Priester verließ sie.

Sie waren kaum einige hundert Schritte weit von dem Eingang entfernt, als sie schon ein fürchterliches Geschrei hörten, ein entsetzliches Gebrüll von Tieren, ein erbärmliches Jammern von Leidenden. Ihr Haar sträubte sich empor und das Blut stockte halb in den Adern. – Da erblickten sie einen weiten Kampfplatz, von wilden Tieren besetzt, die sich zerfleischten und zerrissen, und das Geheul war schrecklich.

Seht her, fing der schwarze Ritter an, das Sinnbild des Rechts des Stärkeren; betrachtet die Wut der tierischen Kräfte. – Seht dort seitwärts drei gräßliche Menschengestalten mit scheußlichen Angesichtern; sie wischen den giftigen Schaum von den Rachen der Tiger und sammeln ihn in Gefäße, um Menschen zu vergiften. Diese drei Höllengeister nennen sich H a b s u c h t , E r o b e r u n g s - g e i s t und F a n a t i s m u s. Sie schwingen ihre Furienfackeln über die Menschen und verwandeln sie in rasende Tiere, die sich zerfleischen und erwürgen.

Aber wir wollen hier in dem Vorhofe des Verderbens nicht länger verweilen; wir wollen ins Reich der Finsternis selbst.

Da wandelten sie einen Weg über grundlose Höhlen fort; Schwefelsümpfe dampften zur Seite, und Feuerbäche stürzten sich von schwarzen Klippen herab. Glühende Steine rollten mit einem fürchterlichen Gerassel in den Abgrund, und Millionen Feuerfunken stiegen auf im pechschwarzen

84

Dampfe und machten ein Vorbild der Hölle. Stürme brausten, Wasserwogen türmten sich empor und stürzten sich prasselnd in schäumende Seen voll Feuer. Kälte und Hitze, Trockenheit und Nässe, Feuer und Wasser waren hier in schrecklichem Kampfe. Feuerspeiende Berge schleuderten ungeheure Felsenstücke in die Luft, und mit Donnergetöse stürzten sie von den glühenden Wolken wieder herunter. –

Unter diesem fürchterlichen Auftritt entdeckte man von weitem einen Thron von kohlschwarzem Pech, und ein siebenköpfiger Drache saß auf demselben, und sieben Kronen deckten seine Schlangenhäupter, und weit umher spritzte er Gift aus seinem Rachen.

Hier ist das Sinnbild, fuhr der schwarze Ritter fort, des Reichs des Tieres. Dies ist das Ungeheuer, das seit seiner Entstehung mit dem Prinzip des Guten im Kampfe ist. – Dies ist das Ungeheuer, dem der größte Teil der Welt huldigt. – Die sieben Köpfe, die ihr seht, sind das Sinnbild der sieben Kräfte des Bösen; die Kronen, die diese Köpfe decken, zeigen die Macht an, durch die es die Welt beherrscht. – Dies ist das Ungeheuer, das dem Reiche der Einheit entgegenstrebt, alles ins Vielfältige teilt, um alles von der Einheit zu trennen. Hoffart, Geiz, Neid, Wollust, Unmäßigkeit, Haß, Trägheit sind die Hebel, wodurch es seine Macht über den Verstand und das Herz des Menschen äußert.

Durch Finsternis führt es den Verstand in Irrtum; durch Begehrlichkeit das Herz zum Falschen; und durch Sinnlichkeit die Menschen zum Bösen.

Wie diese sieben Köpfe an einem einzigen Körper hängen, so entstehen die sieben Laster aus einer einzigen Quelle, und diese Quelle ist der Ursprung des Bösen, oder der Verstand, der seine Basis verlassen hat, die der reinste Verstand oder das Urprinzip der Dinge – Gott – ist.

Der Mensch denkt, will und handelt.

Sein Denken muß ein Gesetz, sein Wollen ein Gesetz und sein Handeln ein Gesetz haben.

Dieses Gesetz muß außer ihm liegen, und außer ihm ist nur Gott oder die Einheit.

Wie die Einheit denkt, muß der Mensch denken.

Wie die Einheit will, muß der Mensch wollen.

Wie die Einheit handelt, muß der Mensch handeln.

Darin liegt seine Bestimmung – seine Glückseligkeit: – seine Zufriedenheit – sein Vergnügen.

Trennt er seine Gedanken von Gott, der die reinste Vernunft ist, so fällt er in Irrtümer, sein Anteil wird Böses, die Folge Unglückseligkeit. –

Trennt er seinen Willen von Gott, so ergreift er statt des Wahren das Falsche, und die Folge ist Unzufriedenheit.

Trennt er seine Handlungen von Gott, so versinkt er in Laster, und Leiden und Schmerz ist die Folge.

Wir sind im Zustand der Trennung; das Vielfältige beherrscht uns, und dieses Vielfältige ist das Reich des Tieres. – Darin liegen die Quellen des Bösen und Falschen.

Zum Guten und Wahren zurückzukehren, die Wege zu zeigen, auf welchen man zum Guten und Wahren gelangen kann, ist der Zweck der Weisheitsschulen.

Weitere Erklärung über diese große Wahrheiten zu machen, steht mir nicht zu; ihr werdet sie erfahren, wenn ihr ins Innere des Heiligtums eintretet; mein Auftrag ist, euch die Feinde des Guten und Wahren kennen zu lehren.

Hier schwang der Ritter sein flammendes Schwert wider den Drachen. Ich fordere, rief er, das Haupt deines Stolzes auf, und es zeige mir die Macht, die es über die Menschen besitzt. –

Er schwang nochmals sein Schwert, und der Drache hob das größte seiner Häupter empor und zischte. Aber der Ritter schwang zum dritten Male sein Schwert, und der Felsen fing an zu krachen, die Erde bebte, Totengerippe erhoben sich aus den Klüften und der Dämon des Stolzes erschien in Menschengestalt.

Ich beschwöre dich, sagte der Ritter, bei der Macht des Guten, beuge dich in Staub und erzähle die Verheerungen, die du unter den Menschen angerichtet hast.

Ich bin der Geist des Stolzes, fing der Dämon an, der das in sich zu finden glaubte, was er außer seinem Urprinzip nie finden kann. Ich habe mich von der Urquelle des Lichts getrennt und suchte Licht in mir selbst, wo ich nichts als Finsternis fand. Meine Trennung vom Licht verursachte daher den Ursprung des Bösen, und ich ward zum Fürsten der Finsternis. Jahrtausende durch kämpfte ich immer dem Lichte entgegen und unterlag; aber meine Wut war nicht gedämpft; wenn ich nicht siegen kann, so will ich gänzlich unterliegen.

Neidisch seh ich das Mittelding an, das man Mensch nennt, und das zwischen dem Guten und Bösen hängt, zwischen Licht und Finsternis. Die Gewalt meines Reiches im Reiche der Sinnlichkeit zu verbreiten, mir Anhänger zu verschaffen, ist mein Bestreben – die Arbeit meiner Geister.

Meine Macht ist zwar schwach über den Menschen; Gewalt zu brauchen ist mir nicht gestattet; nur Verführung bleibt mir übrig, und hierzu bediene ich mich des Verstandes des Menschen und seines Herzens.

Überall Finsternis zu verbreiten, wo Licht sein soll, ist meine Arbeit, und ich erreiche meinen Endzweck durch die Kraft meines Geistes, und diese Kraft ist S t o l z.

Ich suche die Menschen frühzeitig von den Wahrheiten der Natur zu entfernen, sie ans Vielfältige zu gewöhnen, damit sie das Einfache nicht einsehen lernen, und der Schimmer des Äußeren taugt mir, sie von dem Innern abzulenken.

Übertriebene Selbstschätzung, Eigendünkel,

Rechthaberei sind meine Gefährtinnen; mit ihnen besuche ich die Akademien der Gelehrten, die Schulen der Theologen und die Studierstuben der Schriftsteller. – Ich schmeichle ihrer Eigenliebe und heuchle ihrem Selbststolz und locke sie ins weite Feld der Meinungen.

In diesen Hüllen verbreite ich die Irrtümer; ich fordere sie auf, jeden Kenner, jeden Freund der Wahrheit zu zertreten, und für das Reich der Meinungen zu kämpfen.

Da gelang es mir, Menschen gegen Menschen aufzubringen, Irrtümer durch Irrtümer zu vermehren, und die Wege abzugraben, die zur Wahrheit führen könnten.

Mein Hauptgrundsatz ist, alles soviel wie möglich zu vervielfältigen; denn dort, wo Einheit ist, hört meine Macht auf.

Ich suchte daher zuerst die Menschen in soviel Nationen zu zerteilen, als es mir möglich war; überall weckte ich den Nationalstolz auf, damit eine Nation die andere hasse und verfolge; überall suchte ich andere Sitten, andere Meinungen, andere Gebräuche, andere Kleidungen einzuführen und durch den Selbststolz in Ansehen zu bringen, und mir gelang meine Absicht. Jeder wollte besser sein als der andere, und alle verfolgten sich. Jener verteidigte seinen langen Rock, dieser seiner kurzen; der seine Schürze, jener seinen Turban; der schlug seinen Bruder um eine spitze, der andere um eine runde Mütze tot.

Da ich alle Nationen, die in der Hauptsache nur eine Gesellschaft der Menschen ausmachen sollten, getrennt hatte, wagte ich mich an die Teile der Nationen; ich teilte sie in Klassen und vergiftete durch Stolz jedes Herz, damit sich ein Stand besser als der andere deuchte, und die Unordnung nahm zu.

Durch Meinungen leitete ich die Menschen von der reinen Vernunft und dem Wege der Wahrheit ab – durch Selbstliebe von der Liebe zum Ganzen – durch Eigennutz von dem Interesse der Menschheit. So zerteilte ich alles, was vereint war, und Habsucht, Neid, Menschenhaß, Zorn, Unmäßigkeit, Trägheit befestigen mein Reich der Trennung. Groß ist meine Macht, und wer darf es von euch Sterblichen wagen, mit mir zu kämpfen?

Da sagte der erste Ritter: Schweig, Ungeheuer, und kehre in das Reich der Finsternisse zurück. Du weißt unser Amt und die ewige Fehde, die zwischen dir und uns ist.

– Wir haben zu der Fahne der Einheit geschworen, unser Beruf ist, den Verstand von der Vielheit der Meinungen zur Einheit, zur reinen Vernunft zurückzuführen und also die Irrtümer zu besiegen – das Herz des Menschen von der Selbstliebe zur Liebe des Ganzen zu leiten und also die Begierden zu unterjochen – das Privatinteresse des Menschen mit dem Interesse der ganzen Menschheit zu vereinen.

Als der Ritter so sprach, verwandelte sich der

Dämon des Bösen in eine fürchterliche Gestalt. Nimm es auf mit mir, wenn du kannst, rief er mit einem Hohngelächter, und führe die Menschen von der Vielheit der Meinungen zur reinen Vernunft. Hast du es vergessen, wie ich die bestraft habe, die es wagten, Irrtümer zu bekämpfen oder Vorurteile zu zerstören? Sieh zurück in die vergangenen Zeiten – blick in die Zukunft hin, und zittere vor meiner Macht.

Da öffnete sich der Vorhang der Vergangenheit und Zukunft, und Weise schmachteten in Fesseln und Sokrate starben. Menschen führten Menschen zu den Altären und opferten sie auf. Gelehrte versteinerten mit Büchern den Verstand; Bonzenflüche erschollen gegen die Wahrheit, und Scheiterhaufen loderten auf, und Väter mordeten Söhne und Söhne die Väter. – Heilige Raserei stürzte fremde Götzen um und türmte die ihrigen auf; man vertrieb die Tugend, heiligte das Laster und erbaute den Irrtürmern Tempel.

Die Bartholomäus-Nacht, die sizilianische Vesper standen in der Ferne im blutigen Gewande, und der dreißigjährige Krieg mit Hunger und Elend in einer mörderischen Rüstung.

Hast du noch nicht genug Beweise meiner Macht, fuhr der Dämon fort, so sieh ferner die Strafe derjenigen, die es wagten, Selbstliebe mit der Liebe zur Menschheit und Privatinteresse mit dem Interesse des Ganzen zu vereinigen.

Der Dämon winkte und ein fürchterliches Heer

von Sultanen, Bonzen, Rittern, Kaufleuten, Richtern und noch vielen andern sammelte sich und schrie: Wer will uns unsere Rechte und Gewohnheiten umstürzen? –

Nun ließ der Dämon die Macht der Selbstliebe und des Privatinteresses erscheinen, und man sah die Menschen nach Hunderttausenden ins Feld ziehen und bluten. Greise wurden gemordet, das Kind aus den Armen der Mutter gerissen, Städte verwüstet, Länder verheert, Mädchen geschändet, Waisen unterdrückt, Witwen verstoßen; Sklaven schmachteten in Fesseln, Arme hungerten an den Türen der Reichen, Nationen fochten um das Interesse eines Einzigen, List und Betrug, Kabale und Intrige steckten ihre Fahnen aus, und überall hob das Privatinteresse sein Haupt empor und zertrat das Interesse des Ganzen.

Welch fürchterlicher Anblick! rief Kosti aus. O, daß ewiges Dunkel mit ewigen Finsternissen diese Greueltaten decke! – O, wie tief ist die Menschheit gesunken! Wie weit hat sie sich entfernt von dem großen Berufe ihrer Bestimmung!

Bei diesem Ausruf verschwand das gräßliche Bild der Hölle mit seinen Vorstellungen, und Gamma und Kosti fanden sich an der Öffnung des Felsens, und die Ritter führten sie hinaus auf ein freies Feld. Unter hohen Zypressen stand ein Altar, und die Sonne beschien ihn von Aufgang, und unter dem Schatten der Bäume rasteten sie aus von den überstandenen Gefahren ihrer mystischen Wanderung.

Drei Jünglinge mit Palmenzweigen brachten ihnen Früchte zur Erfrischung, und die Ritter nahmen ihre Helme ab und genossen die Labung mit ihren Vertrauten im freundschaftlichen Umgange. – Schön war der Ort, wo sie ausruhten. Eine Allee von hohen Palmenbäumen leitete das Auge des Wanderers bis an einen sehr niedlichen Tempel; um und um waren Rosensträucher gepflanzt; reine Wasserquellen sprudelten in marmornen Kaskaden und bildeten einen bequemen Ort zur Reinigung.

Zieht hier eure Kleider aus, sagte der schwarze Ritter, und wascht eure Körper rein in diesen Quellen. Ihr werdet eine köstliche Salbe von Myrrhen am Rande der Kaskade finden, salbt eure Glieder damit und zieht dann die leinenen Kleider an, die an einem Rosenbusch hängen, und wenn ihr dies alles verrichtet habt, so wartet an dem Tempel, den ihr an dem Ende der Palmenallee sehen werdet.

Kosti und Gamma taten, wie ihnen der Ritter befohlen hatte, und nachdem sie sich gereinigt hatten, zogen sie die weißen Kleider an und gingen dem Tempel zu. Hier erwartete sie ein Priester; weiß war seine Kleidung, und eine Palmenkrone umgab seine Schläfe. Er setzte sich an die Schwelle des Tempels zwischen Kosti und Gamma und fing so zu den Jünglingen an:

Die Vorsicht hat euch nun die Augen über das Elend der Menschen geöffnet; ihr habt die Greuel der Verwüstung gesehen, und man hat euch die Quellen der menschlichen Leiden gezeigt. Ihr wißt nun, wie viel Mut dazu gehört, weise zu sein.

Ewiger Streit und Kampf erwarten den Freund der Menschheit. Er hat mit Vorurteilen und Irrtümern, mit Leidenschaften und Lastern zu kämpfen. – Es ist daher notwendig, daß man den Helden mit Waffen rüste, der es wagt, diese große Fehde zu unternehmen.

Man forderte von euch die Ablegung eurer Kleider, Reinigung und Salbung. – Der innere Sinn dieser Zeremonie gibt euch zu verstehen, daß die Kleider das Sinnbild der Vorurteile, Gewohnheiten und Meinungen sind, die der Mensch ablegen muß. Es ist aber noch nicht genug, diese Vorurteile, Gewohnheiten und Meinungen abzulegen; es ist auch notwendig, daß er sich von allem Unreinen abwasche, was seinem Geiste von diesen Vorurteilen, Gewohnheiten oder Meinungen noch ankleben kann; alsdann erst verdient er die Salbung, die ihn stärken wird. Das weiße Kleid ist das Sinnbild der reinen Denkart und des reinen Willens.

Reine Denkart und reiner Wille sind die Haupteigenschaften eines Menschen, der auf dem Kampfplatze dieses Universums als ein Streiter auftreten will, um die reine Vernunft gegen die Vorurteile, und das Herz gegen Irrtümer zu schützen, um die Menschheit wieder in ihre ursprüngliche Würde einzusetzen.

Seid ihr wohl entschlossen, dieses beschwerliche Amt zu übernehmen?

K o s t i und G a m m a : Ja!

Wohlan, so sollen euch die drei Ritter in den Tempel der reinen Kämpfer einführen.

Hier klopften die Ritter dreimal an die Türe, und eine Stimme rief ihnen zu: Wer klopft, und was ist sein Begehren?

Einer der Ritter antwortete:

Ein Sterblicher, der die Größe der Menschenwürde kennt, den die Erfahrung gelehrt hat, wie Vorurteile den Verstand, Irrtümer das Herz und Laster die menschliche Tätigkeit unterjochen; ein Sterblicher, der entschlossen ist, wider die Hauptfeinde der menschlichen Glückseligkeit zu kämpfen.

Hat er eine Rüstung?

D e r R i t t e r. Nein, er trägt das Kleid des reinen Verstandes und des reinen Willens, und glaubt dadurch die Rüstung zu verdienen.

Wer gibt uns Gewähr für seine Aufrichtigkeit?

D e r R i t t e r. Drei Ritter bürgen dafür, die bereits gegen Meinungen, Vorurteile und Irrtümer gekämpft haben.

Gut! So soll er unsern Tempel betreten.

Da öffnete sich der Tempel der Kämpfer. Prachtvoll standen in weißen Marmor gehauen alle großen Männer herum, die gegen Meinung, Irrtümer, Vorurteile und Laster in Kampf gezogen waren. In der Mitte stand ein Piedestal von Porphyr, und die Bilder, die sich auf ihm befanden, stellten Verstand und Tugend vor, wie sie die Menschheit umarmten.

Nicht weit davon lag die Rüstung für die Aufzunehmenden. Man legte ihnen den Panzer an, setzte ihnen den Feuerhelm auf und gab ihnen das flammende Schwert. Als sie in dieser Rüstung dastanden, trat ein Priester hinzu, und mit einem Palmenzweig gab er ihnen drei Streiche und sprach: Verteidigt die reine Vernunft gegen Vorurteile und Meinungen – – die Rechte der Menschenliebe gegen die Usurpatoren der Selbstliebe – – das allgemeine Interesse der Menschheit gegen das Privatinteresse des Menschenfeindes.

Euer V e r s t a n d , euer H e r z und eure T ä - t i g k e i t mache euch zu Rittern der Stärke.

Euer Helm sei die Vernunft – der Panzer euer reiner Wille – das flammende Schwert eure rastlose Tätigkeit.

Den Glanz eures Helms mache die Klugheit – die Schönheit eures Panzers die Bescheidenheit und – die Schärfe des flammenden Schwertes eurer Tätigkeit die Mäßigung.

Kämpft nun wider die inneren und äußeren Feinde – zuerst wider die eures Verstandes und Herzens, und wenn ihr diese besiegt habt, so zieht wider die äußeren Feinde zu Felde.

Zuerst muß Friede, Ruhe und Ordnung in euch

selbst herrschen, dann erst werdet ihr Friede, Ruhe und Ordnung unter den Menschen stiften.

Zieht nun eure Rüstung wieder aus, denn ihr habt das Äußere nicht nötig. Ihr seid Ritter des Innern. – Euer Helm ist euer Verstand; der flammende Busch, der darauf lodert, ist eure Klugheit. – Der Panzer ist euer Herz – die Undurchdringlichkeit, die euch schützt, euer Wille – das flammende Schwert ist eure Tätigkeit, und seine Schärfe eure Mäßigung.

Seht, alle äußeren Zeremonien sind Hieroglyphen innerer Wahrheiten, wie die Körper die Hüllen innerer wirkender Kräfte sind. Der, dessen Auge sich bloß an der Außenhülle aufhält und den Dingen die Larve ihres Äußeren nicht abzuziehen weiß, wird auch nie ins Innere der Natur dringen.

Groß sind die Wahrheiten unserer Weisheitsschulen, aber traurig ist der Gedanke, wenn wir ins Buch der Zukunft blicken. Es werden Zeiten kommen, wo alle unsere Hieroglyphen nicht mehr werden verstanden oder sinnlich ausgelegt werden. – Selbst unsere Priester werden ihre große Würde vergessen, den inneren Wahrheiten treulos werden, und die Mittel, die die Menschen zur Wahrheit führen sollten, zum Betrug und zur Betörung anwenden.

Verschwinden werden dann alle diese äußeren Gebäude, so wie die Schönheit eines Lebenden verschwindet, wenn die Seele die Hülle verläßt, die sie beleben sollte.

Das Bild der Wahrheit wird in Stücke zerteilt werden, und jeder wird glauben, die Wahrheit ganz zu besitzen, da er doch nur ein Bruckstück von ihr besitzt, und wird die anderen verfolgen. – Äußere Herrschsucht wird sich ins heilige Dunkel der mystischen Ruinen verstecken, und man wird einen Sinn für die übergebliebenen Hieroglyphen suchen, die die Fleischmenschen unfähig sind zu begreifen. Aber alles das sehen wir voraus, weil es der Gang der Dinge ist.

Unzerstörbar ist das innere Heiligtum der Wahrheit, und es wird eine Zeit kommen, in der sie ihren Tempel in den Herzen reinerer Menschen aufbauen wird, und unzugänglich wird ihr Heiligtum jedem Profanen sein.

Als der Priester diese Rede schloß, kamen mehr als fünfzig Jünglinge in weißen Kleidern mit Palmzweigen und sangen diesen Hymnus:

>Eine Urkraft gibt es nur;
>Ihr gebührt die Huldigung.
>Um uns her ist die Natur
>Dieser Urkraft Äußerung.
>
>Kein Verstand kann sie ergründen,
>Nur wird ihre Wesenheit,
>Wo wir ihre Lieb' empfinden,
>Uns erkennbar in der Zeit.
>
>Sie allein kann uns beglücken,
>Dieses Glück ist Einigung.
>Sie ist Wonne, Heil, Entzücken –
>Unsres Geistes Sättigung.

98

Sich mit dieser Kraft vereinen,
Ist der Weisen stet's Bemühn.
Das Bestreben aller Reinen
Geht zu dieser Urkraft hin.

Von ihr strömt aus einer Quelle
Alles, was gut, wahr und schön. –
Glück des Geistes, Glück der Seele
Kann allein durch sie bestehn.

Sie vereint zu diesem Ziele
Alle Menschen, die sie schuf;
Menschenglück! – das ist ihr Wille. –
Sterbliche! Hört ihren Ruf!

Unter der Begleitung des jungfräulichen Chors
dieser Jünglinge wurden Kosti und Gamma in den
großen Tempel der inneren Geheimnisse geführt.

Die elfenbeinernen Tore des Tempels öffneten
sich, und der oberste Priester stieg von einem goldnen Throne herunter, der reich mit Edelsteinen besetzt war. – Güte und Sanftmut lächelten auf seinen
Lippen; er hielt eine Schale von Kristall in der
Hand, mit reinem Wasser aus der Quelle der Weisheit gefüllt, und reichte sie den Aufzunehmenden
dar. Sie tranken, und er wendete seine Augen zum
Himmel und rief aus:

O, daß dieser Trank ein Trank der Vergessen-
heit für euch sein möchte, damit ihr alle falschen
Grundsätze von Meinungen, Vorurteilen und Irrtümern der sinnlichen Menschen vergeßt! –

Kraft und Weisheit, gib deinen Geist diesen deinen Dienern, die nach ausgestandenem Kampfe die Gefahren überwunden haben, die auf dem Wege zur Weisheit die Sterblichen abhalten, die du zu dem großen Ziele ihrer Bestimmung rufst! – Stärke ihren Geist, daß sie ihrem Entschluß treu bleiben und gelehrsam deinem Gesetze folgen.

Nach dieser Rede gab er ihnen seinen Segen und übergab sie einem Priester zum Unterricht. Sie blieben bei diesem vierzig Tage im priesterlichen Hause, und er erklärte ihnen die drei Wege zur Weisheit:

den Weg der Reinigung,
den Weg der Betrachtung,
den Weg der Vereinigung.

Er erklärte ihnen den inneren Sinn der Enthaltung oder des Fastens; den inneren Sinn der Kasteiung oder der Unterwerfung des Willens dem Gesetze der Ordnung; und den inneren Sinn des Gebets oder der Betrachtung der göttlichen Weisheit. Er führte sie manchmal in einsame Spaziergänge, erklärte ihnen die Allmacht der Gottheit in der Natur, und nachdem er ihr Herz immer mehr zu höheren Wahrheiten empfänglich gemacht hatte, hielt er am letzten Tage seines Unterrichts folgende Rede an sie:

Weisheit, Tugend und Menschlichkeit sollen alle unsere Handlungen beleben. Dies kann aber nicht geschehen, wenn wir nicht unseren Verstand, unseren Willen und unsere Handlungen der ewigen

Ordnung der Einheit unterwerfen und mit dem Urprinzip des Guten nur einen Willen haben. – Der Mensch wird ohne Ideen geboren; er erhält sie alle außer sich durch die Sinne; nur Schwäche und Gefühl bringt er mit auf die Erde als den Anteil seines Wesens – Hang nach Vergnügen, Abscheu vor Schmerz – Bedürfnisse leiten ihn. – Er sucht Glück und Licht durch seine Vernunft, Zufriedenheit für sein Herz und Vergnügen für die Sinne.

Er lebt aber im Tale des Guten und Bösen; Meinungen, Irrtümer und Vorurteile umgeben ihn und entfernen ihn von dem Guten, Wahren und Schönen, und er sucht Scheingutes, Scheinwahres und den Anschein vom Schönen, und findet Unglück, Unzufriedenheit und Mißvergnügen. Er gleicht einem rohen Stein, der die Form annimmt, die ihm der Meißel des Arbeiters gibt. So wird der Mensch auch das, was Ehrgeiz, Gefühle und Beispiele aus ihm machen – mehr oder weniger Irrtümer bilden ein mehr oder weniger gutes Wesen aus ihm. So ist das gemeine Leben des Menschen.

Ganz verschieden von dem ist das Leben der Weisen. Wir sehen es für das Ende des tierischen Lebens an; an die Stelle der Meinungen sucht der Weise reine Vernunft zu setzen, an die Stelle der Irrtümer den reinen Willen. Vernunft schützt ihn gegen Vorurteile – Wahrheit gegen Irrtümer.

Wer sich der Weisheit weihen will, muß daher anfangen, Rechenschaft von sich selbst, von allen seinen Begierden und Handlungen zu fordern. Sein Bemühen muß dahin gehen, die ewige Ordnung der Dinge immer mehr zu erkennen und dieser ewigen Ordnung gemäß zu handeln. Sich verbessern, die Toren bedauern, die Unwissenden unterrichten, sei seine erste Arbeit. Er fliehe die Boshaften, schütze die Unglücklichen und verbanne den Stolz, das Interesse und den Neid aus seinem Herzen.

Welchen Rang er immer unter den Menschen behaupten mag, so soll dieses Äußere des Ranges ihn nie verblenden. – Der Menschheit nützlich zu sein, sei der Zweck aller seiner Handlungen.

Das Buch seiner Pflichten sei die Natur; darin lerne er lesen, denn alles in der Natur ist Buchstabe und Wort einer göttlichen Vernunft. – Er verehre, was er nicht begreifen kann, und entweihe das nie, was er begriff. –

Nach dieser Anrede verließ sie der Priester und eröffnete ihnen, daß der folgende Tag bestimmt sei, sie weiter ins Innere zu führen.

Ungeduldig erwarteten Kosti und Gamma den andern Morgen. Kaum flohen die Schatten der Nacht vor der kommenden Morgenröte, als der Priester schon in köstlicher Kleidung dastand und die Jünglinge zur Vollendung der Einweihung abholte.

Sie wurden durch einen unterirdischen Gang in den inneren Tempel der Geheimnisse geführt.

Tausend Lampen von Kristall erleuchteten ihn, und in den Gläsern von verschiedenen Farben widerstrahlte der Glanz von neuen Lichtern, und der Schimmer war über alle Beschreibung. Mitten im Tempel glänzte in einem prächtigen Edelstein das Sinnbild der Gottheit und der Natur. Wohlriechende Rauchwerke stiegen auf und bildeten ringsumher eine Art von Wolkensäule. Die schönste Harmonie musikalischer Instrumente entzückte das Ohr, und bezaubernde Stimmen sangen in einiger Entfernung Lieder voll göttlicher Melodien.

Am Eingang stand ein großes Wasserbecken von weißem Marmor. Da mußten die Jünglinge nochmals ihre Kleider ablegen und sich waschen. Unterdessen sangen die Priester:

> Könnte euch dies Sinnbild zeigen:
> Daß von allen Flecken rein
> Geister, die zur Einheit steigen,
> Wie die Sonne sollen sein.

Man gab dann den Aufzunehmenden wieder reine Kleider. Sie waren weiß und blau gestreift, mit Purpur, Scharlach und Gold besetzt, um die Unschuld und Einfalt der Denkart, die Aufrichtigkeit des Herzens und die Standhaftigkeit anzuzeigen.

Hierauf führte man sie in die Mitte des Tempels und zeigte ihnen die herrlichsten Statuen der Götter – die Sinnbilder der Natur und die Hieroglyphen der Mysterien. Während dem aber, als sie alle diese Pracht bewunderten, erscholl eine Stimme:

Sterbliche! Erinnert euch, daß alles Äußere Sinnbild des Innern ist – alles Äußere ist vergänglich und den Gesetzen der Zeit unterworfen. – Das innere Heiligtum der Weisheit ist das Herz des Menschen – von der Gottheit beseelt – dieses ist der Tempel, worin die Einheit thront.

Kaum erscholl diese Stimme, so erloschen die Lampen, der Glanz des Tempels verschwand allmählich, die Statuen stürzten zu Boden, die Hieroglyphen wurden vom Feuer verzehrt, die Erde bebte, die Hallen des Tempels stürzten ein und schienen unter ihren Trümmern die Priester und Eingeweihten zu begraben. – Aber unvermutet standen sie in einem anmutvollen Garten, der einem Elysium glich. Die Sonne stand senkrecht am Mittag, alle Priester waren gleich gekleidet, wie die beiden Aufgenommenen.

Hier sind alle Menschen gleich, sprach der oberste der Priester, denn wir sind im Innern des Heiligtums. Hier ist Gott, die Natur und der Mensch:

Gott, das Gesetz, das uns regiert,
die Natur, das Mittel,
der Mensch, der Zweck.

Die Zeit der Illusionen ist verschwunden; hier kann kein Betrug herrschen, sondern nur Weisheit.

104

Liebe, Wahrheit und Weisheit machen hier des Königs Krone:

Gesetz, Mittel und Zweck seinen Zepter.

Die priesterliche Kleidung macht hier die Tugend – der Altar ist der Wille – das Brandopfer die Besiegung der Leidenschaften – der Weihrauch sind unsere Handlungen.

Der Name der Gottheit, der im Innern unseres Verstandes und Herzens geschrieben steht, ist das lebendige Kennzeichen unserer Würde.

Sterbliche! ihr, welche die Gottheit mit einem günstigen Blick in das Innere dieses Heiligtums führte, unterwerft euch ihrer Leitung, erfüllt eure Bestimmung und gewährt ein aufmerksames Ohr demjenigen, was sie euch durch meinen Mund eröffnet.

Diese Gottheit fordert von euch, daß ihr sie als Einheit erkennen, als Urquelle alles Wahren und als Urquelle alles Guten über alles lieben sollt.

Rein und einfach sei eure Verehrung, denn da Gott Geist und Wahrheit ist, kann er auch nur in Geist und Wahrheit geehrt werden.

Seid gerecht und guttätig gegen alle Menschen, wie der Vater aller Menschen gegen alle gerecht und guttätig ist.

Gleiche Organe, gleiche Gefühle, gleiche Bedürfnisse haben alle Menschen untereinander gemein.

Gleiche Schätzung, gleiche Liebe, gleiches Interesse muß daher notwendig unter ihnen auch gemein sein.

Gleiche Menschenachtung muß euern Verstand leiten als Gesetz;

gleiche Liebe euer Herz als Mittel;

gleiches Interesse eure Handlungen als Zweck: denn wir haben nur einen Vater, der uns alle zu der nämlichen Bestimmung durch die nämlichen Gesetze ruft.

Seid einfältig wie die Natur und aufrichtig wie sie. Wie euer Herz denkt, so sucht zu wollen und zu handeln.

Sucht nichts in euch, sondern alles in Gott, in der Natur, denn nur da ist Wahrheit. Wenn euch diese Kraft nicht beseelt, so seid ihr tote Organe.

Seid nicht undankbar gegen euresgleichen, auch selbst nicht gegen Tiere, die euch nützlich sind, denn alles in der Natur hat einen Zweck, den der Mensch nicht stören soll.

Trachtet ein lebendiges Organ der Gottheit zu werden, durch das sie ihre Liebe, Wahrheit, Weisheit, Güte, Gerechtigkeit und Ordnung ausspricht, und ihr werdet euch glücklich preisen, und euer Geist, befreit von Blendwerken und Irrtümern, wird den großen Zweck seiner Bestimmung kennen lernen. − − −

Nach dieser Rede umarmte er die Eingeweihten, und die Priester feierten ihnen ein Fest der Freude, das sie das Fest der Neugeburt nannten. Kosti und Gamma verblieben noch fünf Jahre in Memphis, und sie wurden in den Geheimnissen der Natur und in verschiedenen Wissenschaften unterrichtet. Keine Schwärmereien, keine Illusionen waren der Gewinn ihrer Arbeiten. Authentische Wahrheiten der reinsten Vernunft waren der Unterricht, den sie empfingen. Sie erlernten von den Priestern die höchsten Geheimnisse von Gott, dem Geiste des Menschen und der Natur, und erfuhren, daß alle diese Statuen von Göttern und Halbgöttern, die mit der Zeit von dem unwissenden Pöbel vergöttert worden sind, nur Bilder höherer Kräfte oder tugendhafter Männer waren, deren Andenken man noch feierte, um ihre Handlungen nachzuahmen.

Sie erfuhren, wie die Priester über die Blindheit und Herabwürdigung der Menschen seufzten, die die reine Idee der Gottheit verloren hatten, das Einfache vervielfältigten und alles im Materiellen suchten. Noch ist ein großer Teil der Menschheit unfähig, sagten sie, das Einfache der Gottheit zu begreifen; es ist notwendig, daß man ihnen, damit die Idee einer höheren Kraft nicht ganz erlösche, sinnliche Bilder darstelle, die ihrer Gebrechlichkeit und schwachen Vernunft angemessen sind. Wir wissen wohl, daß der Weise keinen andern Richter als sein Herz hat; seine Vernunft bessert die Schwachheiten seiner Menschlichkeit; wie kann man aber den rohen Haufen im Zaume halten – wie die Tyrannen, die die Macht in Händen ha-

107

ben, wenn die Idee einer rächenden Gottheit in ihnen erlöschen würde? – Nach und nach müssen die Menschen immer vom Vielfältigen zum Einfachen wieder zurück und vom Äußern zum Innern geleitet werden. Dieses ist die Beschäftigung der Regierenden und der Priester.

Wir wissen zwar auch, daß im Buche des Schicksals geschrieben steht, daß diese ihre große Bestimmung vergessen, daß sie, durch zeitliche Macht und Ansehen verführt, anstatt die Menschen zur Ordnung zu leiten, selbst die Urheber der Unordnung sein werden. – – Allein auch die Strafe für ihre Verwirrung steht im Buche des Schicksals geschrieben. Kein Staat wird sich länger erhalten, als sich seine Tugend erhält. Alles, was den ewigen Gesetzen der Dauer untreu wird, wird zerfallen und in sein Nichts zurückkehren. Aber demungeachtet werden immer stille Anhänger der Weisheit sein; treu den ewigen Verhältnissen werden sie nie die Grundpläne vergessen, worauf die menschliche Glückseligkeit gebaut werden soll. Ohne Rücksicht auf Dank werden sie unermüdet für Menschenwohl und Glückseligkeit arbeiten und den Lohn in dem Bewußtsein der Tugend suchen.

Lerne, so sagten sie zu Kosti, lerne du, der du bestimmt bist, Völker zu regieren, die Grundursachen des Verfalls der Staaten einsehen, und leite du, Gamma, die Menschen, die dir die Gottheit anvertraut hat, nach reineren Grundsätzen.

Hier lasen ihnen die Priester aus dem Buche der

Zukunft ein großes Verzeichnis der mächtigsten Staaten vor, wie sie verfielen, dann schlugen sie ihnen das Gesetz der Vernunft auf, und in ihm war folgendes geschrieben:

Die meisten Regierungsarten werden von den ewigen Verhältnissen der Dinge oder den Gesetzen der Ordnung abweichen und sich daher früher oder später dem Verderben nähern.

Es gibt in der Natur nur e i n e n Punkt der menschlichen Glückseligkeit und der Dauer der Staaten. Glückseligkeit und Dauer der Staaten bestehen in Erfüllung der Gesetze der Ordnung, in der allgemeinen Harmonie, die teils die Unwissenheit, teils der Irrtum der Menschen zerrüttet.

Die Harmonie herzustellen, war seit Jahrhunderten das Bemühen wahrer Philosophen – der Grund wahrer Sittlichkeit und Menschenbildung – das große Werk der Religion.

Kein Staat kann bestehen ohne Tugend; keine Menschenverbindung ohne Sittlichkeit. Wie diese zunimmt, nimmt der Staat zu; wie diese abnimmt, nimmt auch der Staat ab, weil Tugend und Sittlichkeit zur Ordnung und ihr Entgegengesetztes zur Unordnung und Zerstörung führt.

In der Wesenheit des Menschen, in dem Beruf seines Daseins liegen die ersten Gesetze der Regierungen. Verbindung des Menschen mit Gott und Verbindung des Menschen mit dem Menschen machen das doppelte Band und die harmonische Kette des Ganzen aus. Was sich von dieser Kette

trennt, geht auf Abwege, entfernt sich von dem Ur-
anfang der Dauer, der Glückseligkeit und nähert
sich dem Verderben. Daher verbindet die Sittlichkeit intellektuelle Wesen; daher die Notwendigkeit
der Religion, die die Seele der Staatsverfassungen
ausmachen muß, denn diese müssen verhältnismäßig für die zeitliche Glückseligkeit des Menschen
sorgen, wie die Religion für ewiges Wohl sorgt, damit alles harmonisch nach dem Zwecke der ewigen
Gottheit arbeite.

Aber ein großer Teil der Regierungen wird sowohl im Geistlichen als Weltlichen diese Punkte
verlassen, worauf sich alles konzentrieren soll, und
daher nach entgegengesetzten Zwecken arbeiten.
Sie werden einen falschen Egoismus, der sowohl
der Menschenverbindung untereinander, als der
Moralität des Menschen entgegen ist, an die Stelle
der allgemeinen Menschenliebe setzen, und sich
daher von der Kette der Ordnung trennen und dem
Verderben nähern.

In dem Augenblick, in dem sich die weltlichen
Verfassungen von den Zwecken entfernen werden,
die die Gottheit und die Gesetze der Ordnung ihnen vorgeschrieben, werden despotische Vor-
griffe, Unordungen in den Regierungsformen und
Verwirrungen entstehen. Wenn die geistlichen
Verfassungen sich von den Gesetzen der Ordnung
trennen, so wird die Religion ihr Ansehen, ihren
wohltätigen Einfluß verlieren; es wird hieraus Into-
leranz, Verfolgungssucht und Aberglaube entste-

hen. Die Menschenliebe wird verschwinden, die Tugend sinken und das Laster die Oberhand gewinnen. Privatinteresse wird das allgemeine überwiegen und die Regierungsformen in Verwirrung bringen. Statt Wahrheit werden Meinungen, statt Gesetzen Eigensinn herrschen. Man wird endlich die traurigen Folgen der Verwirrung fühlen, man wird verbessern wollen, und täglich verbessern wollen, aber die Verbesserungen werden ohne Erfolg sein, weil das Innere der Menschen verdorben ist, und man wird die Sache selten im Grunde angreifen, worin das Verderben liegt.

Falsche Politik wird fürchterliche Systeme erdichten. Viele Große werden die Religion ganz wegwerfen und glauben, die Menschen durch Gewalt und Furcht zu regieren. Andere werden sie nur gebrauchen, um dem Pöbel damit einen Zaum anzulegen, und daher Unwissenheit und Aberglauben befördern. Es wird Regenten geben, die ihr Wohl von dem Wohle der Untertanen trennen; die Untergeordneten werden an dem Verderben teilnehmen, und der Egoismus wird sich allgemein verbreiten. Jeder wird für sein Privatinteresse arbeiten; Parteigeist und Kabalen werden aufstehen und Wahrheit und Menschenrechte unterdrückt werden.

Die große Absicht der Religion wird verloren gehen, ihr sanfter Geist wird unterdrückt werden und unter Schuldisputen und Zänkereien verschwinden. Die Priesterschaft wird sich in politische Verhältnisse einmischen und nach denselben die Religion umbilden, um manchmal eigennützige Absichten durchzusetzen. Statt Menschenbildung, Menschenseligkeit zu verbreiten, wird man alles auf Privatinteressen beschränken und daher durch üble Beispiele dem Volke schaden, das in Aberglauben versank. So wird sich die Wahrheit im Zeremoniell verlieren und das Heiligtum des Innern verschwinden.

Es ist unmöglich, das Gefühl der Wahrheit im Menschen zu unterdrücken. Die Menschen werden den Druck der Unordnung fühlen, und das Gefühl, das so mächtig im Menschen liegt, sich von Irrtümern loszureißen, der Hang nach Glückseligkeit wird unaufhaltsam in den Gemütern fortarbeiten. Die Wissenschaften werden manche Wahrheiten enthüllen, die aber von vielen, deren Herz noch nicht gebildet ist, übel werden verstanden werden, und so wird ein großer Teil unvorbereiteter Menschen anfangen, Wahrheiten einzusehen, die sie aus Mangel an innerlicher Bildung nicht vertragen können.

Die Wissenschaften werden große und allgemeine Fortschritte machen, die Regierungen werden aber nicht beobachten, daß mit den Fortschritten der menschlichen Kenntnisse auch die Bildung des Herzens, die das Wesentlichste ist, vorrücken muß, damit der Same der Erkenntnis auf keinen unbebauten Grund falle und statt erwünschter Frucht schädliches Unkraut hervorbringe. Die Erziehung wird allgemein vernachlässigt werden; in der Volksbildung wird keine Harmonie sein. Die Handlungen der Staaten, das Beispiel der Großen und Mächtigen und der Diener der Gottheit selbst werden den Grundsätzen, die man lehren wollte, auf die auffallendste Art widersprechen, und so wird hieraus Irrtum, Abneigung gegen die Lehrer und Unglaube entspringen.

Der Hang nach Freiheit, nach Glückseligkeit wird in ungebildeten Herzen aufkeimen, und die Menschen werden daher notwendig auf Irrwege geraten, und darin liegt der Grund einer übelverstandenen Aufklärung. Viele Große, Mächtige und Priester werden selbst dem Egoismus den Eingang in die Herzen anderer Menschen erleichtern; sie werden Wahrheiten verfolgen, die ihrem Eigennutze im Wege stehen, und dadurch die Menschen in noch größere Irrtümer leiten.

Die Art an Höfen zu leben, wo oft der Redlichste keinen Zutritt finden, der Gerechteste unterdrückt werden und der Rechtschaffenste sich nicht vor Kabalen wird schützen können – das innere Verderben der Regierung, wo weder Redlichkeit noch Tugend mehr sein wird, wird die Menschen aneinander ketten, um Gegenkabalen, Gegenparteien zu machen, und so werden alle jene geheimen Sekten und Fraktionen aus den verdorbenen Regierungsverfassungen selbst erzeugt werden, die die Menschen in die schrecklichsten Irrtümer führen, und aus Mißverständnis und Abneigung gegen die bestehende Unordnung Systeme bilden, die bald in schädliche Schwärmereien ausarten werden.

Verstand ohne Herzensbildung ist ein Strom ohne Leitung, der notwendig alles überschwemmt und verwüstet. Notwendig wird also Unordnung und Empörung die Folge des falschen Denkens sein. Es ist ganz natürlich, daß der Verstand, wenn das Herz voll Leidenschaften ist, auf Irrwege gerät und die verderblichsten Mittel zu seinem Zwecke wählt.

Wo Leidenschaften herrschen, wird die sanfte Sprache der Philosophie, die göttliche Stimme der Offenbarung nicht mehr gehört; gleich einem eingeschlossenen Feuer durchbricht die Leidenschaft alles, und um so fürchterlicher wird ihr Ausbruch, je größer der Druck ist.

Der kleinste Teil der Menschen wird für wahre Aufklärung und wahre Religion empfänglich sein; der große Haufe aber wird sich in zwei fürchterliche Kräfte abteilen – in die des Unglaubens und in die des Aberglaubens. Beide werden herrschen wollen, beide werden von dem fürchterlichsten Egoismus beseelt sein. Der Unglaube wird alles übereinander werfen, Throne zusammenstürzen und Altäre vertilgen wollen und sich hierzu der niedrigsten Mittel bedienen; durch Irrtümer des Verstandes wird er sich der Herzen der Völker bemächtigen.

Den Aberglauben werden jene verteidigen, die die anwachsende fürchterliche Macht des Unglaubens zwar einsehen werden; allein, durch Egoismus und Privatinteresse verleitet, werden auch sie selbst Feinde der Wahrheit und der Religion sein – deren Absicht nichts anderes ist, als die Völker in Dummheit zu erhalten, um ihre Absichten desto sicherer zu erreichen. Diese werden mit entgegengesetzten Kräften der wahren Ordnung der Dinge entgegenarbeiten, Tugend und Menschenglückseligkeit von den Staaten entfernen und durch einen unbescheidenen Druck das Feuer des Unglaubens nähren.

Zwischen diesen zwei Kräften wird der wahre Freund der Religion und der echten Aufklärung stehen. Angegriffen von beiden Ungeheuern – vom Aberglauben und Unglauben – werden seine Arbeiten fast ganz vergeblich sein. Diese zwei Kräfte werden sich schrecklich gegeneinander abreiben und der Hauptgrund der einstmaligen traurigen Lage künftiger Jahrhunderte sein. Beide werden eine große Zahl von Anhängern haben, beide werden durch stürmische Leidenschaften geleitet werden, beide werden herrschen wollen und beide sich niedriger und unerlaubter Mittel zu ihrem Endzwecke bedienen. Unter diesen beiden Kräften wird die kleine Zahl der Vernünftigen stehen – die Verehrer wahrer Relgion und wahrer Philosophie. Ihre Engelsprache wird aber unter dem Allahgeschrei dieser stürmischen Menschen nicht gehört, und jede Blume, die sie pflanzen, die zum Wohl der Menschheit aufkeimen soll, wird von diesen Würgern wieder zu Boden getreten werden.

Der Ungläubige wird alles Aberglaube nennen, was nicht Unglaube ist; und der Abergläubische alles Unglauben heißen, was nicht Aberglaube ist. Wehe dem, der in diesen trüben Zeiten für die Rechte der Wahrheit und die Gesetze der ewigen Ordnung sprechen wird! – Bedauernswürdig wird der Zustand der Regierungen sein. Diese zwei Parteien werden alle Redlichen und Gutgesinnten von den Thronen zu entfernen suchen, um die Alleinherrschaft an sich zu reißen.

Richtig ist es, daß sich diese zwei Kräfte aufreiben werden; wie lange aber die Stürme dauern, welch traurige Folgen sie hervorbringen werden – dieses weiß nur der, der die Schicksale der Menschen lenkt. Die Leidenschaften, die Unordungen, die Mißbräuche sind in der moralischen Welt, was in der physischen die Stürme sind. Die Psychologie erklärt, wie sie in der Natur der Seele gegründet; Geschichte und Erfahrung belehren die Menschheit, wie sie oft zur Erreichung vieler guter Absichten nützlich sind; Philosophie und Religion überzeugen den Menschen, daß aus Verwirrung in den Teilen endlich Ordnung und Harmonie im Ganzen entstehen könne; aber traurig das Los derjenigen, die in das Zeitalter fallen, in welchem diese Kräfte sich abreiben. Das Böse zerfällt gewiß, denn es besteht in dem Mangel der Realität und Ordnung, und es ist von einer solchen Natur, vermöge welcher es sich selbst vernichtet. − − −

Kosti wollte noch weiter lesen, aber ein unsichtbarer Genius schloß das Buch der Vernunft. Willst du glücklich regieren, fing er an, so höre die Gleichnisse, die ich dir sage, erwäge die Wahrheiten, die darin liegen und werde durch fremde Fehler klug.

Es war einmal ein Hausvater, so fing der Genius an, der viele und weite Länder besaß. Er verteilte verschiedene Erdstriche und ließ sie von Pächtern verwalten. Diesen gab er aber den Auftrag, die verteilten Erdstriche nach dem nämlichen Plane zu verwalten, den der Hausvater zur Verwaltung seines ganzen Reiches entworfen hatte. Die Glückseligkeit und das Wohl aller Untertanen war der Zweck dieses Planes. Zu dem Ende gab er den Pächtern alle Gewalt und heiligte sie mit der Autorität, seine Person im kleinen vorzustellen.

Die Pächter beratschlagten sich, wie sie die ihnen anvertrauten Länder am besten verwalten könnten und fanden es schicklich, ihre Regierung in die innere und äußere abzuteilen. Die innere Verwaltung sollte der Maßstab der äußeren sein, und im Innern sollte der große Regierungsplan des Hausvaters aufbehalten werden.

Einer der wichtigsten Punkte war, daß alle öden Gründe angebaut und mit Samengetreide, welches der Hausvater jedem Pächter zusandte, besät werden sollten.

Die Pächter stellten verschiedene Knechte an, sahen aber bald nicht mehr nach, und fingen an, anstatt sich mit der Wirtschaft zu beschäftigen, in Wollüsten zu prassen; anstatt die Felder anzubauen, verzehrten einige das Samengetreide; wieder andere streuten es auf den ungepflügten Akker. Da kamen die Raubvögel und fraßen den guten Samen auf, und die Gegend wurde mit Disteln und Dornen überwachsen.

Das Samengetreide, das der Hausvater schickte, teilten die faulen und liederlichen Knechte unter sich, und die Redlichen mußten sich von Wurzeln und Kräutern nähren, die sie unter dem Unkraut auf dem Acker fanden.

So handelten die Pächter des Äußern; jene, die den inneren Weisheitsplan des Hausvaters in Händen hatten, ließen sich von den äußeren verführen und wollten Macht und Ansehen mit ihnen teilen. Anstatt sie zur Ordnung anzuweisen, trugen sie selbst alles zur Unordnung bei; behaupteten, es stehe in ihrer Macht, den Plan des Hausvaters abzuändern oder davon abzusehen, und machten so die Verwirrung noch größer.

Durch dieses üble Beispiel kam die Unordnung der faulen Knechte so weit, daß sie behaupteten, es gäbe gar keinen Hausvater, sie dürften tun, was sie wollten.

Sie gehorchten daher auch den Pächtern nicht

mehr; die faulen Knechte vermehrten sich täglich wie das Unkraut und die Dornen, die die Felder bedeckten.

Jede Blume, die ein Arbeitsamer pflanzte, wurde unter dem Unkraut erstickt, und jedes umgeackerte Feld von den wilden Tieren verdorben, die unter Unkraut und Dornen eine sichere Wohnstätte fanden.

Da nun die schönen Gründe nicht bebaut wurden, die Bedürfnisse sich unter den Pächtern stets vermehrten, so suchte einer den andern zu hintergehen und zu betrügen, und sie machten aus diesem Laster eine Wissenschaft.

Die Pächter gerieten untereinander in Uneinigkeit; einer suchte den andern zu übervorteilen, und ebenso machten es auch die Knechte. Es kam öfter zum Streit, und einer schlug den andern tot.

Einige gute und redliche Menschen sagten es den übrigen vorher, daß diese Art der Verwaltung unmöglich in die Länge dauern könne; denn wenn die Zeit der Pacht verstrichen wäre, möchte der Hausvater wohl schwere Rechenschaft fordern. Aber man spottete der Redlichen und verachtete sie als Toren.

Die Redlichen wendeten sich nun an die, denen der Plan des Hausvaters anvertraut war; allein diese hielten es mit der Unordnung der andern und verschrien diejenigen, die sich auf den wahren Plan des Hausvaters beriefen, als Lügner und Aufrührer, und verfolgten sie bis in den Tod.

Da geschah es nun, daß in einer angrenzenden Pachtgegend die Knechte, unter welchen weder Zucht noch Ordnung mehr war, aufrührerisch wurden. Wir wollen alles untereinander teilen, sagten sie, unseren Pächter erschlagen, und seine Anhänger umbringen.

Sie rotteten sich zusammen, erschlugen wirklich den Pächter und seine Freunde, und teilten die Güter unter sich. Da schrien die übrigen Pächter: Seht Freunde! In jener Gegend haben die Knechte ihren Pächter erschlagen; es könnte uns das nämliche widerfahren, wir müssen auf unserer Hut sein.

So sprachen sie; sie bedachten aber nicht, worin die Ursache lag, warum die treulosen Knechte ihren Pächter erschlagen hatten, und daß dieses nicht geschehen sein würde, wenn er nach dem Plane des Hausvaters sein Gut verwaltet hätte.

Die Pächter zogen nun mit ihren Knechten gegen das Land, wo der Pächter erschlagen worden war, forderten Rechenschaft um das Blut des Pächters, und sagten bei sich: Wir wollen die treulosen Knechte erschlagen und dieses Pachtgut zu dem unsrigen nehmen. Da schrien die Knechte im Lande des erschlagenen Pächters: Wer essen will, der baue an. Eine große Menge Volks schrie aber: Wir haben kein Samengetreide, denn wir lieferten alles zu der Pacht, und der Boden ist mit Dornen bedeckt; wie können wir anbauen?

Da kamen Tausende und wieder Tausende, die der Hunger untereinander trieb; sie liefen in der

120

Verzweiflung durch die verwilderten Felder, und da kamen Wölfe, Füchse, Schlangen und abscheuliche Kröten aus den Dornensträuchern hervor, und die Verwirrung war unendlich, denn ein Wolf fraß den andern, ein Fuchs biß den andern, und man sah die Erde mit Leichen bedeckt.

Das Geschrei des Elends machte aber keinen Eindruck auf die Pächter, die gegen dieses Land einherzogen. Sie sahen die Hütten brennen, und anstatt mit Wasser zu löschen, gossen sie im Taumel ihrer Leidenschaften Ölfässer aus, und das Feuer schlug sie zurück und griff auch ihre Grenzen an, die davon in Brand gesteckt wurden.

Mancher Weise rief ihnen nochmal zu: Rottet das Unkraut aus, baut die Felder an, wuchert nicht mit dem Samengetreide untereinander, sondern legt es treulich in den Schoß der Erde, damit es Frucht bringe, und erfüllt so den Plan des Hausvaters.

Man schleppte aber den Weisen ins Gefängnis und behandelte ihn als einen Halsstarrigen und einen unruhigen Menschen, der Neuerungen unter das Volk bringen will, und handelte immer nach der alten Art. Man führte das Samengetreide, anstatt es anzubauen, den Knechten zu, die in den Kampf gezogen waren, und die, die Hände hatten, das Unkraut auszurotten, wurden geschlachtet und abgetan.

Bei dieser Verwirrung lächelten einige böse Knechte der Pächter heimlich und fühlten Schadenfreude in ihrer Seele. Sie versteckten sich unter das Unkraut und zogen Vorteil aus der Verwirrung; um sich zu bereichern, mordeten sie einige heimlich und stahlen den übrigen das ihrige – – – als der Hausvater plötzlich erschien.

Gebt Rechenschaft, ihr inneren und äußeren Pächter, über eure Verwaltung! rief er, und legt Rechnung über das Samengetreide ab, das ich euch gab. –

Sie wollten aber keine Rechnung ablegen; die Pächter widersetzten sich und behaupteten, das ihnen anvertraute Pachtgut sei ihr Eigentum.

Der Herr aber lächelte über ihr Unternehmen, ließ sich unterdessen die Rechnungen vorlegen, und da fand er:

Für die , die den Plan der Haushaltung in Verwahr haben, 1000 Scheffel und 10 Metzen. Für den, der das Haus bewohnt, darin der Plan liegt, 1000 Scheffel und 10 Metzen. Für den, der dem Volke alle fünfzig Jahre den Plan in der verschlossenen Kiste sehen läßt, 1000 Scheffel und 10 Metzen. Für den, der die Kiste trägt, worin der Plan liegt, 400 Scheffel und 4 Metzen. Für den, der wöchentlich dreimal um die Kiste des Planes herumgeht – 100 Scheffel und 3 Metzen. – Und welchen Lohn hat denn der, rief der Hausvater, welcher den Plan ausführt? – – Und sie wußten nichts darauf zu antworten, weil noch keiner daran gedacht hatte, darnach zu handeln.

O ihr Treulosen und Kurzsichtigen! fuhr der Hausvater fort, welche reiche Ernte hättet ihr machen können, wenn ihr nur den dritten Teil in die geackerte Erde geworfen hättet! Aber so ließet ihr die fruchtbarsten Felder zur Wohnstätte der wilden Tiere sich umgestalten, die euch zerreißen werden.

Der Hausvater fing nun an die ganze Gegend umzuackern, und dieses Umpflügen war ein geistiges Umpflügen; aber Disteln und Dornen fielen übereinander, und die Verwirrung war schrecklich, bis alles unter dem Pfluge lag. –

Da aber der Herr so umpflügen ließ, jammerten viele und sagten: Gott, welche Verwirrung ist das! – Wie kann man aber ein Feld umackern, gab ihnen der Hausvater zur Antwort, ohne daß die Erde aufgewühlt und Disteln und Dornen in den Boden getreten werden? – Nun ist die Zeit des Umackerns, worauf die Zeit der Blüte folgen wird; aber alles dieses wäre nicht geschehen, wenn die Pächter selbst umgeackert hätten.

Nun warf der Hausvater guten Samen in die Erde, überdeckte ihn mit Dünger und eggte das Land. Bald keimte das Getreide auf, aber noch wuchs Unkraut mit unter der Frucht. – Die Knechte wollten es ausrotten; der Hausvater sagte aber: Laßt es nur stehen bis zur Ernte, ihr könntet sonst auch die gute Frucht mit ausreißen – – denn der Tag der Garben ist nahe. – –

––––––

Ein anderer Hausvater baute einen großen Palast für seine Kinder und sagte: Wohnt da untereinander im Frieden und freut euch des Lebens!

Der Palast war groß und hatte verschiedene Abteilungen. Der Hausvater sagte: Kinder, wenn ihr im Palaste etwas ändern wollt, so baut nach dem angefangenen Plane, damit das Gebäude vollkommen werde. – Die älteren Brüder aber bildeten sich ein, sie hätten mehr Einsicht als der Hausvater und verunstalteten das Gebäude durch verschiedene Erker; auch stückten sie außerhalb des Palastes noch verschiedene Nebengebäude an, sonderten sich von ihren Brüdern ab und überließen sich in diesen Nebengebäuden ihren Wollüsten. Damit aber ihre Brüder nicht in die Nebengebäude sollten sehen können, fingen sie an, die Fenster zu verbauen und verwandelten die schönsten Hörsäle in finstere Zimmer. Außerhalb des Gebäudes nährten sie auch verschiedene Tiere zur Pracht, und da sie diese Tiere füttern mußten, so brachten sie Heu und Stroh in großer Menge in den Palast, und sie raubten ihren Brüdern noch das wenige Licht, das durch die Öffnungen in den Palast schien.

Da nun alles finster und denen, die im Palaste wohnten, das natürliche Licht entzogen war, so suchten sie den Verlust durch Lampen zu ersetzen, und unterhielten sich bei dem Lichte derselben.

Einige Weise sagten zu den älteren Brüdern: Brüder, ihr handelt unrecht! Ihr habt den anderen das natürliche Licht verbaut und den Palast mit Heu und Stroh zur Fütterung eurer Tiere angefüllt; das wird nicht gut tun. Wie leicht kann das Stroh von den Lampen angezündet und euer Palast in Asche verwandelt werden! – Öffnet dem reinen Lichte den Eingang selbst, denn heimliche und durch Kunst gemachte Lichter sind gefährlich.

Allein die älteren Brüder wollten die Fenster nicht öffnen, denn sie sagten, wenn wir die Fenster öffneten, so würden unsere Brüder die Nebengebäude sehen, die wir gebaut haben, und wir könnten dann nicht mehr unseren Gelüsten frönen. Auch räumten sie weder Heu noch Stroh aus dem Palaste, denn sie wollten die Tiere ihrer Leidenschaften nicht abschaffen.

Da fügte sichs nun, daß durch mehrere Lampenlichter Feuer entstand, und der Palast brannte bis zum Grunde ab.

Die älteren Brüder gingen zu dem Hausvater und beschuldigten die jüngeren, daß sie diese Feuersbrunst durch ihre Lampen verursacht hätten, und forderten, man solle alle Lampen und Lichter in Zukunft verbieten.

O ihr Schalkhaften, sagte aber der Hausvater, warum beschuldigt ihr eure unschuldigen Brüder? Hättet ihr ihnen das Licht der Natur nicht verbaut, so hätten eure Brüder, die des Lichtes bedürftig waren, nie gefährliche Lampen in die Wohnung gebracht. Ihr habt den Palast mit Heu und Stroh angefüllt, um die wilden Tiere eurer Leidenschaften mästen zu können; war es nicht natürlich, daß es brennen mußte? – Euch will ich zur Strafe ziehen.

Als nun der Palast abgebrannt war, sahen alle die schändlichen Nebengebäude, und der Hausvater rief sie zusammen und baute das Gebäude wieder nach seinem ewigen Grundrisse auf.

Als der Genius zu sprechen aufhörte, fiel Kosti auf seine Knie nieder. Schutzgeist der Menschheit, rief er aus, deine Rede erfüllte meine Seele mit Verzweiflung. Je mehr ich die Natur des Menschen kenne, je mehr die Verdorbenheit derer, die herrschen, und die Erniedrigung derjenigen, die beherrscht werden – desto mehr ekelt mich mein Leben an. – Was bleibt uns wohl übrig, als entweder ein Mitgehilfe oder das Opfer der allgemeinen Unterdrückung zu sein? – O laß mich sterben! Ich fühle die Bürde der Regierung und meine Schwäche. O daß die Erde doch rein meine Gebeine wieder in ihren Schoß nehmen möchte, ehe ich sie mit Verbrechen entweihe.

Hier nahm Aban, der oberste Priester, das Wort: Verzage nicht, guter Kosti, stufenweise geht auch der Gang der Menschenbesserung. Trage du soviel bei, als du kannst, und du hast genug getan.

Wisse, der Mensch denkt, will und handelt. Der Wille steht unter dem Gesetze der Vernunft, die

126

Handlung unter dem Gesetze des Willens; die Gottheit gab dir die schönsten Mittel in die Hände, die Menschen zu reiner Vernunft zu führen. Diese Mittel sind Sittlichkeit, Wissenschaft und Kunst; aber, treu den unveränderlichen Gesetzen, dürfen sie die ewige Ordnung nie verlassen.

Lerne, Kosti, die Macht der Wissenschaften und Künste kennen – die Macht, die sie über Geist und Herz des Menschen haben, und regiere dein Volk nach den ewigen Grundsätzen der Natur. –

Da setzte sich Aban auf einen Hügel, und alle Priester versammelten sich um ihn her. Aufmerksame Stille herrschte unter den Zuhörern, und Aban fing so zu reden an:

Priester und Eingeweihte! Hätten die Menschen die Macht, die die Wissenschaften und Künste über ihr Herz haben, längst erwogen, und hätten die Weisen diese Macht zur Menschenbildung angewendet, sie hätten weniger schädliche Folgen von den Irrtümern zu befürchten gehabt! – – Irrtümer verbreiten sich nur dort, wo man die Macht der Wissenschaften nicht kennt, den Geist unterdrückt, oder ihm entgegenarbeitet, oder aus Eigennutz die Wissenschaften mißbraucht. Ist die Sonne wohl schädlich, da sie als die Königin der Gestirne am Firmamente steht, da sie wohltätig die Hütte erleuchtet, ihren segnenden Lichtstrahl erquickend herabsenkt und die Blumen erzieht, die wir pflanzten, den Acker erwärmt, den wir bearbeiteten? – Wenn nun ein Bube ihren Lichtstrahl im Brennglase sammelt und die Hütte seines Wohltäters in Brand steckt, ist dies das Werk der Sonne oder das Werk des verkehrten Willens des Menschen, der alles in der Natur mißbraucht? – –

Honig saugt die Biene aus der Blume, aus der die Spinne Gift saugt. Der balsamische Saft der Rose wird Honig in der Biene und in der Spinne Gift, denn alles nimmt die Wesenheit der Sache an, die es aufnimmt. Die Säfte animalisieren sich in tierischen Körpern; in den Pflanzen nehmen sie die Eigenschaften der Pflanzen an; darin besteht das Gesetz der Wesen im Physischen wie im Geistigen.

Rein fließt die Quelle von ihrem Ursprunge; unkennbar wird sie aber im Gefäße, das voll Unflat ist. So verhält es sich auch mit den Wissenschaften und Künsten. Der Gute braucht sie zu guten Zwekken, der Böse zu bösen. Ändert das Herz des Menschen, leitet seine Leidenschaften nach den Endzwecken der Natur, und beschuldigt die Künste und Wissenschaften nicht des Menschenverderbens; aber der, der die Gesetze der Ordnung, die Gesetze der Natur nicht kennt, ist immer ungerecht, denn er verwechselt Kräfte mit Wirkungen und Folgen mit Kräften.

Ewig sind die Gesetze der Natur und unveränderlich, harmonisch ihre Verhältnisse, alles zielt auf Ordnung, und aus ihr erfolgt das Gute, Wahre und Schöne, wenn diese Ordnung von den Menschen nicht verkehrt wird.

Was im Schöpfungssystem Ordnung genannt wird, ist im Reiche der Geister Harmonie, im Sittlichen Regularität, im Körperlichen Proportion, immer dasselbe, nur unter verschiedenen Gesichtspunkten.

Gesetz – Mittel – Zweck.

Dieses ist die Grundlinie, worauf die Natur ihr inneres und äußeres Gebäude aufbaut; dieses ist die Basis intellektueller sowohl als physischer Kräfte. Diese Ordnung darf nie verkehrt werden – nie darf der Zweck zum Gesetz, nie das Mittel zum Zweck gemacht werden.

Hier entsteht die große Frage: Wo ist das Gesetz der reinsten Vernunft aufzusuchen? Und ich antworte: In der Quelle der reinsten Ideen, und die Quelle dieser Ideen ist die erste denkende Urkraft, das erste vernünftige Prinzip aller Dinge. Menschen können nur in und durch Gott denken, denn alle sinnlichen Ideen, die wir erhalten, sind nur Realisation der großen Idee der Einheit, woraus alles entspringt.

Ehe die Schöpfung begann, mußte alles, was war und sein wird, gleichsam architektonisch in den Ideen der Gottheit gewesen sein. – Schöpfung war nur die Realisation dieser Ideen. Diese realisierten Ideen bilden unsere Denkart; die Ideen, die wir aufnehmen, ziehen unsere Sinne aus den realisierten höheren Ideen, die ein Gesetz ihrer Entstehung, eine Ordnung ihrer Realisation haben müssen.

Der Mensch denkt Kräfte, Wirkungen und Folgen und Realisationen; darin liegt der Grund aller seiner Begriffe. Die reinste Vernunft kann daher nur die reinste Anschauungsart sein, und wie kann der Mensch diese anders erhalten als durch Anschauung der Urkraft, aus der alle Wirkungen, Folgen und Realisationen in einer harmonischen Ordnung entstehen?

Wenn wir Gottes Gedanken in jener harmonischen Ordnung denken, wie sie als Kraft in Gott und als Kraftäußerung in der Natur sind, dann denken wir gut, wahr und schön, weil Güte, Wahrheit und Schönheit den Grundriß ausmachen, nach welchem das Universum gebaut ist. Gott dachte, schuf und realisierte. Als ein denkendes Wesen wird er die Quelle der reinsten Liebe, als ein schöpfendes die Quelle der reinsten Wahrheit, als ein realisierendes die Quelle der Schönheit und Harmonie.

Wer diese Idee von Gott nicht hat, der kennt die Natur nicht, und wer Gott und die Natur nicht kennt, wie kann der das große Ziel der Künste und Wissenschaften kennen?

Die Ordnung der Natur ist der Wissenschaften und Künste Gesetz; sie besteht aber in der Kenntnis der Vereinigung mit der Quelle aller Ordnung. Die Einheit ist das Gesetz der Harmonie; das Gute, Wahre und Schöne besteht immer durch und

130

in der Einheit; allein dieses Gesetz ist von solcher Erhabenheit, daß es der Geist desjenigen selten versteht, der die Einfalt der Natur verlassen und sich in der Vielheit der Materie verloren hat.

Die Menschen werden leider ein Jahrhundert erleben, wo man überall die Idee der Gottheit zu verdrängen suchen wird – teils, weil sie dieses Urprinzip aller Dinge gar nicht kennen, teils weil es ihnen manchmal unter solchen Bildern gezeigt werden wird, die dem reinen Begriffe seiner Wesenheit ganz zuwider sind und die reine Idee von der Gottheit notwendig in ihnen verdrängen müssen. Der Mensch sucht überall sein Selbst hinzustellen und sich das zuzueignen, was nur im ersten Urprinzip der Dinge liegt; daher die große Verwirrung in der Philosophie, die mit der Urkraft die Kraftäußerung oder die Natur mit Gott verwechseln wird. – Verkehrte Ordnung bei verkehrten Gedanken! – Wie kann man Wahrheit finden, wenn man Wirkung zur Kraft und die Folge zur Wirkung macht? –

Das werden einst die Irrtümer der Philosophie sein. Sie wird immer Wirkungen mit Kräften verwechseln, und wie wird sie auch die Kräfte kennen können, wenn sie nicht die Urkraft zur Quelle aller Kräfte macht? – Je mehr sich der Mensch zu dieser Urkraft erhebt, desto reiner wird die Vernunft sein, und diese reine Vernunft muß das Gesetz seines Denkens sein.

Nach der Ordnung der Natur ist also im Wissenschaftlichen die reinste Vernunft Gesetz – die Wissenschaften sind das Mittel, das Gute ist Zweck.

Die Wissenschaften müssen daher unter dem Gesetze der reinsten Vernunft stehen, und dieses Gesetz ist die ewige Ordnung denkender Wesen. Die Basis aller Ordnung ist die Ordnung eines Urwesens, das alles erhält, alles nach harmonischen Gesetzen regieret.

Die Ordnung dieses Urwesens besteht in der genauesten Übereinstimmung der Liebe, der Wahrheit, der Weisheit, der Güte und Gerechtigkeit, wodurch es alles nach unveränderlichen Gesetzen verwaltet, die seine Eigenschaften ausmachen.

Wichtig ist die Frage: Was ist Liebe, was Wahrheit, was Weisheit, was Güte, und was ist Gerechtigkeit in diesem Wesen?

Dasjenige, was dieses Urwesen zur Schöpfung – was die geistige Kraft zur ersten Bewegung veranlaßte – was Schöpfungsmotiv war, wird L i e b e genannt. W a h r h e i t ist die Realisation dieses Motivs. W e i s h e i t ist das Gesetz, nach welchem es seine Liebe realisierte. G ü t e der Zweck der Schöpfung. G e r e c h t i g k e i t ist das Maß der Anwendung der Verhältnisse. Und die Übereinstimmung aller dieser Eigenschaften ist die O r d n u n g in Gott.

Gott denkt, wirkt, handelt, realisiert.

Die Ordnung seiner Ideen hat die Liebe zum Resultat, die Ordnung seiner Wirkungen die Wahrheit, die Ordnung seiner Handlungen die Harmonie, und die Ordnung seiner Realisationen die Regularität und die Verhältnisse aller Dinge zu einander.

Aus der Stufenfolge dieser Ordnung erfolgt das Gute, Wahre und Schöne – sowohl in der intellektuellen als physischen Ordnung.

Der erste Typus des Guten äußert sich im Menschen in der Regularität seiner Gedanken, seines Willens, seiner Handlungen.

Der Typus der Wahrheit, in der Wissenschaft zu denken, zu reden, zu analysieren in der Natur.

Der Typus des Schönen, in der Dichtkunst, in der Musik und Malerei.

Die Grundlinie der Ordnung für den Menschen, der ein denkendes, wollendes und handelndes Wesen ist, besteht darin:

das Gute zu denken,
das Gute zu wollen,
das Gute zu tun.

Die Einheit im Denken, Wollen und Handeln gibt die Basis der Sittlichkeit.

Das Wahre zu denken,
das Wahre zu wollen,
das Wahre zu realisieren
ist die Basis der Wissenschaften.

Das Schöne zu denken,
das Schöne zu wollen,
das Schöne zu realisieren
ist die Basis der Künste.

Aus dieser Analysis können wir uns überzeugen, daß

das Gute Gesetz,
das Wahre Mittel
und das Schöne Zweck ist.

Das Gute ist das Gesetz des Wahren, das Wahre das Gesetz des Schönen.

Das Prinzip des Guten ist Gott und die Natur – als Kraft und Kraftäußerung.

Das Prinzip des Wahren ist die Wissenschaft, die wir aus Gott und der Natur kennenlernen.

Das Prinzip der Kunst ist die Natur, die diese Kenntnisse im Schönen realisiert.

Das Schöne kann ohne das Wahre nicht sein – das Wahre nicht ohne das Gute; denn Wahres ist realisiertes Gutes und realisiertes Wahres ist Schönes.

Gott und die Natur verlangen überall Einheit – im Sittlichen – im Wissenschaftlichen und – im Künstlichen. Überall müssen Gedanke, Wille und Tat vereint sein – im Sittlichen mit Gott, im Wissenschaftlichen mit Gott und der Natur, im Künstlichen mit der Natur.

Der Gedanke, der Wille, die Handlung, die Idee, der Ausdruck derselben, das Resultat.

Wenn diese Ordnung befolgt wird, so wird

Sittlichkeit die Quelle des Guten,
Wissenschaft die Quelle des Wahren,
Kunst die Quelle des Schönen sein.

Das Gute wird Glückseligkeit,
das Wahre Zufriedenheit,
das Schöne Vergnügen gewähren.

Aber die Menschen werden die Ordnung der Natur verkehren, und aus dieser verkehrten Ordnung werden Irrtum, Bosheit und Laster entspringen.

Der Irrtum wird den Gedanken, die Bosheit den Willen, das Laster die Handlungen der Menschen verderben.

Das Gute wird sich daher in das Böse,
das Wahre in das Falsche,
das Schöne in das Häßliche
verändern.

So werden Unordnung und Disharmonie die notwendigen Folgen der Abweichung von der Ordnung der Dinge sein.

Die Sittenlehrer, die Gelehrten, die Künstler werden die Basis verändern, worauf Sittlichkeit, Gelehrsamkeit und Künste ruhen sollten.

Der Moralist wird sich selbst zum Zweck, seinen Willen zum Gesetz machen und sich des Sittlichen als des Mittels bedienen, sein Interesse zu erreichen. So verliert sich das Gute.

Der Gelehrte macht seinen Selbststolz zum Gesetz, eitle Ehre zum Zweck und bedient sich der Wissenschaft als Mittel. So verliert sich das Wahre.

Der Künstler macht seinen Eigendünkel zum Gesetz, sich selbst zum Zweck und bedient sich der Kunst als Mittel. So verliert sich das Schöne.

In dieser Verwirrung bleibt nichts übrig, als die Menschen von der Unordnung zurückzuführen und sie die Basis kennen zu lehren, die sie verlassen haben.

Im Sittlichen muß Gott das Gesetz – der Moralist Mittel – das Gute Zweck sein.

Im Wissenschaftlichen muß Wahrheit das Gesetz – der Gelehrte Mittel – das Wahre Zweck sein.

Im Künstlichen muß die Natur das Gesetz – der Künstler Mittel – das Schöne Zweck sein. –

Bei dieser Ordnung müssen notwendig Irrtümer, Leidenschaften und Laster verschwinden, denn das Denken, Wollen und Handeln der Menschen erlangt wieder seine Regularität, Harmonie und Proportion – und wo Regularität im Denken herrscht, gibts keine Irrtümer, wo Harmonie im Willen ist, keine schädlichen Leidenschaften, wo Proportion der Handlungen ist, keine Laster.

Die ganze Schöpfung überzeugt uns von diesen Wahrheiten, und Wissenschaften und Künste werden der Menschheit nie schädlich werden können, wenn sie sich nach diesem Maßstabe verhalten. Sie sind so genau mit der Herzensbildung des Menschen verbunden, und das Urwesen aller Wesen will uns durch unser eigenes Gefühl von Glückseligkeit, Zufriedenheit und Vergnügen durch das Gute, Wahre und Schöne stufenweise zu unserer großen Bestimmung hinleiten, in ihm, als dem Quell alles Wahren, Guten und Schönen, die Fülle von Glückseligkeit, Zufriedenheit und Vergnügen zu finden.

Allein, es wird eine Zeit kommen, wo die wenigsten Menschen die ewige Ordnung der Dinge noch kennen werden, weil der größte Teil überall sein Interesse zum Zweck, seinen Willen zum Gesetz machen und sich des Staates, in dem er lebt, als Mittel bedienen wird. So wird die Ordnung verkehrt, so die Kette zerrissen werden, die Menschen an Menschen und Menschen an Gott ketten sollte.

Der Mensch sucht alles in sich, und er sollte doch alles in der ewigen Ordnung der Dinge suchen. Nur da ist die Wahrheit, in uns ist nichts als Irrtum.

Wir denken, wollen, handeln. – Wenn wir nach der Ordnung der Dinge denken, so sind wir vernünftige Wesen.

Wenn wir nach der ewigen Ordnung der Dinge wirken wollen, so sind wir gute Wesen.

Und wenn wir nach der ewigen Ordnung der Dinge handeln, so sind wir edle Wesen.

Das Vernünftige, das Gute, das Edle liegt also in der Ordnung und nicht in uns, wie der Glanz in der Sonne ist und nicht in der Quelle, in der sich die Sonne spiegelt. Wenn der Mensch nach Ordnung handelt, so ist er die Quelle, in der sich die Sonne spiegelt; er ist schön und edel wie sie, aber nur durch sie.

Die Würde unseres Verstandes hängt von der ewigen Ordnung der Dinge ab, nach welcher wir denken sollten, die Würde unserer Person oder unseres Herzens von dem Wollen, nach dieser ewigen Ordnung zu handeln, und die Würde unserer Handlung und des Verstandes von der Tätigkeit, dieser Ordnung gemäß zu wirken.

Glückseligkeit, Zufriedenheit, Vergnügen verbindet die Ordnung genau mit der Befolgung ihrer Gesetze; sie sind notwendige Folgen des Zwecks der Ordnung.

Die Regel dient daher dem Weisen zur Richtschnur seines Denkens, Wollens und Handels. Eigene dir nichts zu, sondern suche alles in Gott und der Natur.

Denke nach Ordnung.
Wirke nach Ordnung.
Handle nach Ordnung.

Dein Gedanke, dein Wille, deine Tat bilde mit der Ordnung nur eine Einheit.

Sobald der Mensch Gesetz und Zweck i n s i c h sucht, so verkehrt er die Ordnung, und die Folge verkehrter Ordnung ist Böses in der Natur. – Das Gute ist nicht in uns, sondern in Gott und in der Natur, und nur insofern wir im Denken, Wollen und Handeln dieser Ordnung nahe kommen, werden wir gut. Wenn die Sonne sich zurückzieht, ist die Quelle ohne Licht.

Allein die Ordnung muß auch was Wesentliches im Menschen werden, und dieses geschieht nur, wenn Gedanke, Wille und Tat mit der ewigen Ordnung der Dinge in einer Einheit stehen.

Denken ohne Wollen und Handeln kann diese Einheit nicht geben. – Der Geist muß im Willen realisiert werden, der Wille in der Tat; Verstand und Herz müssen in Tat übergehen.

Duplizität widerspricht dem Gesetze der Einheit. Anders denken, anders wollen und anders handeln ist diese Duplizität, die die Zerstörerin der menschlichen Glückseligkeit ist und einst unter dem Namen Weltklugheit, feine Politik bekannt werden wird. Sie ist die Feindin der Wahrheit, die Mutter alles Falschen; sie wird durch Irrtum des Verstandes erzeugt, durch Leidenschaften des Herzens gepflegt, und durch Laster der Handlungen wird ihr gefrönt.

Welche fürchterlichen Folgen werden notwendig entstehen, wenn einst die Moral, Wissenschaft und Künste selbst ihre Richtschnur verlassen und Kupplerinnen werden der Laster und Leidenschaften! – Alles ist dann Schein, nirgends Wahrheit. Die Menschen werden überall ihr Privatwohl zum Zweck und ihr Interesse zum Gesetz machen und sich der armen Menschheit als Mittel bedienen, ihren Zweck zu erreichen, ohne zu bedenken, wohin die Unordnung notwendig führen muß.

Wer Gutes stiften will, muß die Menschheit überzeugen, daß es die Glückseligkeit, die Zufriedenheit und das Vergnügen von allen erfordert, daß das Wohl des Ganzen Zweck, die ewige Ordnung Gesetz und der Mensch Mittel sein müsse, dieses große Werk zu vollenden.

So lange nicht reiner Verstand das Denken,

Gutes Wollen den Willen,

Gutes Handeln die Taten beseelt, so lange läßt sich wenig Gutes hoffen. Diese großen Vorteile der Menschenumbildung kann der Staat jedoch aus Wissenschaften und Künsten ziehen, wenn er sie nach den ewigen Gesetzen der Gottheit und der Natur anzuwenden weiß. Darin bestehen die Vorrechte des Geistes über den Geist.

Aber in der Lage, in der die Welt sich einst befinden wird, wird der größte Teil der Menschen im Denken durch Irrtum, im Wollen durch Leidenschaften, im Handeln durch Laster verdorben werden.

Die Irrtümer sind die Zahl – die Leidenschaften das Maß – die Laster das Gewicht. Zur Menschenbesserung gehört daher, daß das Denken, das Wollen und Handeln wieder zur Ordnung zurückkehre, dann verschwinden Irrtümer, Leidenschaften und Laster.

Geist und Herz des Menschen sind die wichtigsten Gegenstände der Bildung:

Der Geist muß rein denken – das Herz muß rein wollen.

Das Gute wird dann Resultat, notwendige Folge vom reinen Denken und reinen Wollen.

140

Die Wissenschaften und Künste bieten sich uns als Mittel zu dieser großen Bearbeitung.

Der Mensch ist ein intellektuelles und ein physisches Wesen, er hat Geist und Herz: Geist, um richtig und gut zu denken – Herz, um wahr zu handeln.

Der Geist kann durch Vorstellungen und Gefühle – das Herz durch Empfindungen und Taten geleitet werden.

Die Wissenschaften und Künste zeigen uns die Art zu belehren, die Art zu rühren.

Belehrung ist für den Geist – Rührung für das Herz. – Alles, was ein Gegenstand der Wissenschaften und Künste ist, hat zum Zweck – zu belehren oder zu rühren.

Man suchte die Menschen durch den Verstand einer Wahrheit näher zu führen – oder ihr Herz und ihre Empfindung durch falschen Schein zu unterjochen. – Der Verstand bewegt – das Herz reißt hin.

Wenn der Mensch belehren will, so muß er alles Mögliche in der Natur aufsuchen, um seinen Gegenstand mit der Ordnung der Natur zu identifizieren, und nach Gestalt dieser Identität ist – Bewunderung, Hinreißen, Überzeugung das Resultat.

Wenn er diese Identität erreicht hat, muß seine Bemühung dahin gehen, die Natur-Identifikation des Geistes mit den Empfindungen des Individuums in Einheit zu bringen, und – – das Resultat ist Rührung.

Wenn man belehren will, muß man Wahrheiten

mit dem Verstande des Lernenden identifizieren; wenn man rühren will, so müssen die Wahrheiten mit dem Herzen des anderen identifiziert werden.

Der Verstand bedient sich der Vorstellungen von Glückseligkeit, Zufriedenheit, Vergnügen, und sucht sie im Guten, Wahren und Schönen anschaulich zu machen.

Der Verstand bedient sich der Empfindungen, um die Hoffnung von Glückseligkeit, Zufriedenheit und Vergnügen durch die Macht der Einbildung zu realisieren und sie fühlbar zu machen, und – der Erfolg ist Belehrung und Rührung.

Die Grundregeln, aus der menschlichen Natur genommen, sind diese:

Wenn ich einem andern etwas verständlich machen will, so muß ich die Belehrung aus seinem Verstande holen.

Wenn ich einen Menschen etwas fühlen und empfinden lassen will, so muß ich Gefühl und Empfindung aus seinem Herzen holen.

Der Maßstab der Belehrung besteht darin, daß ich die Verstandeskräfte des andern kenne;

der Maßstab der Empfindung darin, daß ich seine Empfindungen kenne.

Es gibt allgemeine Verstandeskräfte, die einem jeden Menschen gemein sind; und es gibt allgemeine Empfindungen, die jedem Menschen gemein sind.

Es gibt besondere Verstandeskräfte, die nur einem Individuum nach seinem Verstande, Temperament u.s.w. angemessen sind. Jede Belehrung muß sukzessiv geschehen. Man erlangt den Zweck der sukzessiven Belehrung durch stufenweise Verbindung einer Idee durch Mittelideen mit einer anderen.

Jede Herzensrührung muß sukzessiv geschehen. Man erlangt den Zweck der sukzessiven Rührung durch Verbindung einer Empfindung durch Mittelempfindung mit einer anderen.

Die Gesetze der Belehrung und Rührung sind die nämlichen.

Der Mensch denkt, begehrt, handelt, empfindet.

Im Denken besteht sein Vernunftsvermögen, sein Rationale, im Begehren sein Begehrungsvermögen, Konkupiszibilität, im Empfinden seine Iraszibilität oder sein Begehren nach Lust und Abscheu vor Unlust.

Der Anteil des ersteren ist Irrtum und Wahrheit.

Der Anteil des zweiten Gutes und Böses.

Der Anteil des dritten ist Lust und Unlust.

Irrtum oder Wahrheit leiten den Verstand – Gutes oder Böses den Willen – Lust oder Unlust die Empfindungen.

So wird Verstand, Wille und Handlung determiniert.

Der Verstand fügt sich nach Einsichten von Wahrheit und Irrtum. Der Wille nach Neigungen zum Guten und Bösen. Die Handlungen nach

Empfindung von Lust und Unlust. – Der Verstand soll durch das Gefühl des Guten determiniert werden. Der Wille durch das Gefühl vom Wahren. Die Handlungen durch das Gefühl vom Schönen.

Der Mensch will Wahrheit – Erkenntnis für den Verstand; er will Gutes für das Herz; er will Lust für seine Empfindung.

Dies sind die Naturtriebe der Selbstliebe, wodurch das ewige Urwesen der Dinge die Menschen durch sich selbst zu Glückseligkeit, Zufriedenheit und Vergnügen führen will.

Allein die verkehrte Ordnung der Welt erschwert dem Menschen diese einfachen Wege; sie hindert seinen Verstand, das Gute zu erkennen, weil sie ihm überall statt einem reellen Gut nur ein eingebildetes vorstellt und allen Wert des Verstandes in Dinge setzt, die der wahre Verstand verachtet. – Sie hindert sein Herz, das Wahre zu wollen, weil sie seinen Willen durch Chimären von Gegenständen reizt, die keine Wahrheit in sich haben, da sie allen Wert des Herzens in Dinge setzt, die für den Weisen von keinem Werte sind. Sie hindert endlich den Menschen, nach Ordnung zu handeln, weil der größte Teil mehr Lust in der Unordnung findet als in der Ordnung, und weil alles Gute erschwert wird, zu dem man doch einen Weg von Blumen bahnen sollte.

Wie ist es anders möglich! Muß die Menschheit sich nicht erniedrigen, muß sie nicht notwendig herabsinken bis auf die äußerste Stufe der Degradation, wenn man die Vorrechte des menschlichen Verstandes auf das schändlichste entheiligt und den Verstand als Mittel gebraucht, die Menschen zu verderben!

So werden einst die Menschen eine Ordnung außer Gott machen und die Huldigung des ersten Urwesens entheiligen. Verstand, Herz und Tat werden äußerst verdorben werden, und jedes sich einen Götzen zimmern, dem es zu seinem Untergange huldigt.

Die Natur zeigt uns, wie alles Harmonische in der schönsten Kettenreihe verbunden ist – das Gute mit dem Wahren, das Wahre mit dem Schönen, die Kenntnis mit dem Guten, die Wahrheit mit dem Willen, das Schöne mit der Handlung.

Die Natur zeigt uns, wie Erkenntnisse auf Neigungen, Neigungen auf Empfindungen wirken, und gibt uns den allgemeinen Maßstab der Wirkungen des Geistes auf den Geist, des Herzens auf das Herz.

Sittlichkeit, Wissenschaft und Kunst sind drei unzertrennliche Schwestern, die des Menschen Gedanken, Willen und Handlung leiten, und ihn zum Guten, Wahren und Schönen führen, wo er sein Glück, seine Zufriedenheit und sein Vergnügen findet.

Rein denken ist die größte Glückseligkeit eines denkenden Wesens. Wahr wirken die größte Zufriedenheit eines wollenden Wesens. Schön handeln die größte Wonne eines handelnden Wesens.

Licht ist Bedürfnis des menschlichen Verstandes. Gefühle und Empfindungen sind die Bedürfnisse des Herzens, und Licht und Wärme findet man nur in der Sonne der ewigen Ordnung.

Wer das Ringen nach Licht, das Bedürfnis der Empfindung zu unterdrücken sucht, der kennt den menschlichen Geist und das Herz des Menschen nicht. – Der Weise führt den Verstand und leitet das Herz; der Tor sucht beide zu unterdrücken.

Wissenschaft und Künste werden also nie schädlich werden, wie sie in der Natur aus der Hand des Schöpfers als Mittel zur Menschenbildung kamen. Der Mißbrauch setzt ihre Würde herab, denn da erst der Mensch sein Interesse zum Zweck der Wissenschaft, sein Selbst zum Zweck der Künste macht, wird die Ordnung verkehrt, die Harmonie gestört werden.

O Menschen! Lernt doch den Zweck eurer Bestimmung einsehen! Mißbraucht die Geschenke des Schöpfers nicht, die er zu eurem Wohle euern Händen anvertraute. – Lernt die Basis eurer Glückseligkeit, eurer Zufriedenheit, eures Vergnügens kennen. Sie liegt in eurem Geiste, wenn dieser aufmerksam auf die Winke der Natur ist; – sie liegt in eurem Herzen, wenn euer Herz diesen Winken folgt.

Aber so leitet ein Blinder immer den anderen

Blinden; die Unordnung will der Ordnung Gesetze vorschreiben; die Leidenschaften wollen Leidenschaften in Schranken setzen. Der Mensch ist eine Idee – ein Gedanke Gottes – – der schönste Buchstabe in der Schöpfung; er trägt den Charakter der Gottheit, sein Inneres enthüllt die Züge des Wortes, das die Einheit aussprach. Allein verunstaltet ist dieser göttliche Buchstabe durch falsche Züge der Sinnlichkeit, die ihm seine ursprüngliche Würde raubten – verunstaltet ist die Idee, die so rein aus Gottes Mund kam; die Sinnlichkeit nahm sie auf und verdarb sie durch Zusätze ihres Selbst.

Die Bestimmung des Menschen ist daher, daß er sich von allen fremden Zusätzen reinige, alle fremden Züge der Irrtümer auslösche, um wieder reine Idee, reiner Buchstabe zu werden.

Durch Denken, Wollen und Schaffen ward der Mensch – der Gedanke, das Wort, die Schrift, der Typus des Urwesens. – Durch Denken, Wollen und Handeln verunstaltet der Mensch seinen Verstand, seinen Willen, seine Handlung. Er muß also wieder denken, wollen und handeln nach dem Gesetze der Einheit, die ihn dachte, aussprach und schrieb, und wenn sein Denken, sein Wollen und Handeln wieder mit der Einheit vereint ist, so wird er wieder reine Idee, reines Wort, reiner Buchstabe der Gottheit und der Natur.

Darin besteht Menschenberuf und Menschenbestimmung; dahin müssen uns Kenntnisse, Wissenschaften und Künste leiten, dann entsteht jene selige Ordnung, die unsern Kenntnissen Regularität, das Gute unserm Willen, Harmonie dem Wahren und unsern Handlungen die Proportionen des Schönen gibt – dadurch wird Geist und Herz zu jener Höhe erhoben, die das höchste Ziel aller menschlichen Wünsche ist.

Freilich kann das nicht auf einmal geschehen, die Degradation der Menschheit ist zu groß, des Irrtums ist zu viel. – Allein ehe der Same in die Erde geworfen wird, muß die Erde vom Unkraut gereinigt, aufgewühlt und empfänglich gemacht werden.

Zu dieser geistigen Umackerung tragen Künste und Wissenschaften das meiste bei; sie veredeln unsere Empfindungen, bilden unser Herz, machen uns empfänglich für die Eindrücke des Guten, Wahren und Schönen, und führen uns stufenweise zur Verbesserung des ganzen Lebens.

Es ist genug gesagt – genug für den, der Kraft hat zu denken und Willen, das Gute zu lieben; – für den aber, der weder Geist noch Herz hat und nicht fühlt, für den hat die Natur keine Worte, der Geist keine Überredung, denn alles, was zur Ordnung führt, ist Beleidigung für den, der seinen Willen zum Gesetz und sein Interesse zum Zweck machen will.

Einfalt geziemt der Wahrheit; sie ist am schönsten, wenn sie in diesem Kleide erscheint. Ich habe sie heute hingestellt in ihrer ganzen Natur – ohne rednerischen Prunk, denn nicht der Prunk meiner Worte, nicht wissenschaftliche Kunstgriffe, aufs menschliche Herz zu wirken, sollen der Wahrheit, die ich heute sagte, Anhänger verschaffen – sie selbst soll über Geist und Herz siegen, und vermag sie es nicht, was werden schwache Worte eines Sterblichen vermögen?

Unendliche Gottheit, die du in das Innerste der Herzen siehst und weißt, wie inniglich nahe mir das Wohl aller Menschen geht – der Strahl deines Lichts erleuchte den Sinn, den ich in irdische Worte einhüllen mußte, damit sich die Wahrheit denen, die mir zuhören, darstelle, wie sie ist und wie sie rein von dir kommt.

Laß uns einsehen, daß Künste und Wissenschaften deine Geschenke sind – daß sie Mittel sind, uns zu dir zu erheben, uns mit dir zu vereinigen, und wenn das Tagewerk unserer Bestimmung vollendet ist, so laß uns in den Hallen der Ewigkeit das Fest wieder feiern, das wir heute dem Andenken der Einweihung eines guten Menschen in deine heiligen Geheimnisse gefeiert haben.

———————

Als Aban diese Rede vollendet hatte, nahm er den jungen Kosti beiseite und sagte: nun ist es Zeit, daß ich dir noch den Bau der großen Pyramide zeige. Er führte ihn mit Gamma durch einen unterirdischen Gang in eine weite Ebene. Da war ein

Grundriß einer großen Pyramide ausgespannt, und Verschiedene arbeiteten an dem Bau. Eine Menge Werkzeuge lagen umher, nebst rohen und unzubereiteten Steinen; nur wenige arbeiteten und legten Hand an die Steine, um sie zum Bau dienlich zu machen.

Alles, was du hier siehst, sagte Aban, ist wieder äußeres Sinnbild von großen inneren Wahrheiten. Der Grundriß der großen Pyramide ist der Plan der Weisheit, wodurch alles zur Einheit, zum ersten Prinzip der Dinge zurückgeführt werden soll. Die Werkzeuge sind Sinnbilder innerer Wahrheiten. Du siehst hier das Winkelmaß, die Bleiwaage, den Senkel, den Zirkel, den Hammer, die rohen Steine und die bearbeiteten. Alles ist hier Hieroglyph einer einzigen Wahrheit. Das Winkelmaß ist das Sinnbild, daß alle unsere Handlungen nach Liebe, Wahrheit und Weisheit gerichtet werden sollen; die Blei- oder Wasserwaage ist das Sinnbild, daß wir in den Augen Gottes alle gleich sind, daß wir alle Gott als unseren Vater und die Menschen ohne Unterschied als unsere Brüder lieben sollen; daß der Unterschied der Stände diese innere Gleichheit nie trennen soll, und daß unsere äußeren Vorzüge nur dann einen Wert geben, wenn wir sie zum Wohl der Menschen, unserer Brüder, gebrauchen.

Wie Gott alle Menschen liebt, für das Wohl aller wacht, so muß der gute Mensch, der ihm ähnlich werden will, im ganzen Menschengeschlechte, ohne Rücksicht auf Konvention und Gewohnheit,

150

jeden Einzelnen als Gottes Kind, als einen Mitberufenen zur Seligkeit ansehen und behandeln.

Der Hammer ist das Sinnbild unseres äußeren Bestrebens. Unser Verstand muß suchen, unser Wille begehren, unsere Handlung anklopfen: Denn wenn Verstand, Wille und Handlung vereint ist, teilt der Inhaber der Weisheit Licht dem Verstande, Kraft dem Willen und Segen der Handlung mit.

Der Senkel ist das Sinnbild der Dauer unserer Handlungen, die nur alsdann bleiben werden, wenn sie in gerader Linie mit der ewigen Ordnung des Vaters der Lichter stehen.

Der Maßstab ist das Sinnbild, der die Gleichheit unseres Verstandes, Herzens und unserer Handlungen prüft, ob sie der ewigen Ordnung gemäß sind. Er gibt uns Gesetz, Mittel und Zweck zu erkennen, die nie verwechselt werden dürfen. Harmonie, Bewegung, Ton – so sind die Gesetze des Universums. Das erste ist Gesetz, das zweite Mittel, das dritte Zweck, woraus der Einklang der Dinge entsteht.

Der rohe Stein ist das Sinnbild des Verstandes, der voll Irrtümer ist; des Herzens, voll unedler Leidenschaften; der Handlungen, voll des Bösen. – Aus diesen Steinen müssen nach der ewigen Ordnung regelmäßige Steine, Quadrate zum Bau der Pyramide der Einheit gehauen werden. Verstand, Wille, Handlung und Tat nach den Gesetzen der Einheit bilden diese Steine.

Der Zirkel ist das Sinnbild, daß alles aus einem einzigen Mittelpunkte, aus der ewigen Einheit entspringt; daß sich die Peripherie nach der Energie des Mittelpunkts verhalte; daß alles Äußere unbeständig, das Innere aber allein bleibend und ewig sei.

Der Kubikstein, worauf die Werkzeuge gewetzt werden, ist das Sinnbild unserer Standhaftigkeit und Achtsamkeit auf uns selbst. Nie dürfen die Werkzeuge zu unseren Arbeiten stumpf werden; Standhaftigkeit und Achtsamkeit muß sie immer schärfen, um nach der ewigen Ordnung tätig zu sein.

Die Abrisse des Grundplans sind die Sinnbilder der guten Beispiele unserer Sitten, der Arbeiten unseres Verstandes, unseres Herzens und unserer Handlungen, wodurch andere von Irrtümern, Leidenschaften und Lastern abgeleitet und auf die Wege der Ordnung, nach dem Gesetze der Einheit geführt werden.

Nach diesem nämlichen Gesetze, Kosti, mußt du deinen Regierungsplan einrichten, wenn deine Krone heilig, dein Zepter mächtig und dein Thron unerschütterlich sein soll. Sieh, in dieser goldenen Kiste liegt der Grundplan der wahren Menschenregierung. Weise entwarfen ihn nach ewigen Gesetzen der Ordnung, und gute Könige befolgten ihn.

Aban öffnete die goldene Kiste, und auf Tafeln von Perlmutter stand folgender Plan in goldenen Buchstaben:

Grundplan der
wahren Menschenregierung

Lerne Gott kennen und die Natur –
Gott, als Prinzip der Kräfte, –
die Natur als Kraftäußerung.

Diese Urkraft, als sie schöpfte, mußte
die Macht haben, schöpfen zu können,
den Willen, zu schöpfen,
und hat endlich wirklich geschöpft.

Allmacht und Liebe waren daher
die erste geistige Kraftäußerung –
Allmacht als Kraft, Liebe als Motiv.

Gott selbst als Kraft war
das Gesetz der Schöpfung,
Liebe das Mittel,
Wahrheit der Zweck.

Als die Schöpfung da war, war
Liebe Gesetz,
Wahrheit Mittel,
Weisheit Zweck,
woraus alles entspringt, was in der Natur ist,
nämlich:
im Geistigen – – Gesetz, Mittel, Zweck.
Im Innern – – Ursache, Wirkung, Folge.
Im Physischen – – Kraft, Organ, Form.

Liebe Gott –
liebe deinen Nächsten –
liebe dich –
darin liegt die Basis aller Gesetze.

Liebe Gott – ist Gesetz –
liebe den Nächsten – Mittel –
liebe dich – Zweck
in den Gesetzen der Ordnung,
denn ich liebe mich nur wahrhaft selbst,
wenn ich Gott
und den Nächsten liebe.

———————

Da nun Liebe
das Hauptgesetz aller Dinge ist,
so muß man wissen:

1. Was die Liebe Gottes gegen das
Geschöpf,

2. die Liebe des Geschöpfes gegen Gott;
und

3. die Liebe des Geschöpfes gegen sich und
gegen das Geschöpf ist.

———————

Liebe in Gott ist das Motiv, das das erste
Prinzip des Guten determinieren konnte,
nach
unveränderlichen Gesetzen seiner Einheit
Geschöpfe außer sich zu schaffen, um sie
wieder mit seinem Selbst zu gleicher
Glückseligkeit zu vereinen.

Die Liebe des Geschöpfes gegen Gott ist das
Motiv der Selbsttätigkeit, das ein vernünftiges
Wesen außer Gott determiniert, sich mit der
Urquelle seiner Wesenheit wieder zu
vereinigen.

Nächstenliebe ist das Motiv der Selbsttätigkeit
vernünftiger Wesen, ihre Selbstliebe und ihr
Interesse mit der Selbstliebe und dem
Interesse anderer Geschöpfe außer ihnen zu
gleichem Zwecke von Glückseligkeit,
Zufriedenheit und Vergnügen zu vereinen,
nach der ewigen Ordnung der Alliebe;
und das Vollziehen dieser Nächstenliebe
ist wahre Selbstliebe.

Hierdurch werden
1. Liebe,
2. Wahrheit und
3. Weisheit
die ersten Kraftäußerungen der Einheit,
die Basis aller intellektueller Progressionen,
denn die Liebe erhält erst durch die Wahrheit
ihre Wirkung und durch die Weisheit
ihre Realisation.

Daher müssen
Liebe, – Wahrheit und – Weisheit,
die ersten Kraftäußerungen der Einheit,
1. Verstand,
2. Wille,
3. Handlung des Menschen –
1. Gesetz,
2. Mittel,
3. Zweck sein.

Hieraus entspringt
1. das Gute,
2. das Wahre,
3. das Schöne,
woraus
1. Glückseligkeit,
2. Zufriedenheit,
3. Vergnügen
für den Menschen die Folge ist, denn sein
1. Verstandesvermögen,
2. Begehrungsvermögen,
3. Abscheuvermögen
kommt unter das Gesetz der ewigen Ordnung,
wodurch der Mensch
1. durch den Verstand –
Meinungen und Vorurteile;
2. durch den Willen –
Irrtümer und Leidenschaften –
3. durch die Handlungen –
Verbrechen und Laster
zu beherrschen lernt, und hierdurch
1. ein guter Mensch,
2. ein guter Hausvater,
3. ein guter Bürger
wird, denn
1. Klugheit wird seinen Verstand,
2. Bescheidenheit seinen Willen,
3. Mäßigung seine Handlungen
leiten.

Er wird
1. treu den Gesetzen,
2. treu dem Fürsten,
3. treu dem Vaterlande
sein.
Zu dieser Größe der Menschenbildung
trägt bei
1. Verstandesbildung,
2. Herzensbildung,
3. Bildung der Handlungen.

Verstandesbildung muß geschehen durch
1. echte Aufklärung.

Herzensbildung wird bewirkt
2. durch Erziehung.

Die Bildung der Handlungen geschieht
3. durch Beispiele.

Zur Bildung des Verstandes trägt bei
1. echte Kenntnis Gottes und der
Natur.
Zur Bildung des Herzens
2. bildende Künste und
Wissenschaften.
Zur Bildung der Handlungen
3. praktische Philosophie.

Hierzu müssen beitragen
1. der Fürst,
2. der Priester,
3. der Laie,
1. durch Sittlichkeit,
2. Wissenschaft,
3. Kunst,
durch
1. gleiche Denkart,
2. gleichen Willen,
3. gleiche Handlung.

Hierdurch entsteht
1. die wissenschaftliche,
2. die sittliche,
3. die bürgerliche Ordnung
nach
1. gleichem Gesetze des Verstandes,
2. gleichem Mittel des Willens,
3. gleichem Zwecke der Handlung
zur
1. allgemeinen Glückseligkeit,
2. allgemeinen Zufriedenheit,
3. zum allgemeinen Vergnügen
des
1. einzelnen Menschen,
2. der Familie,
3. des ganzen Staates.

In diesen ewigen Gesetzen besteht
die ganze Regierungswissenschaft –
1. die Güte und Glückseligkeit,
2. die Stärke,
3. die Schönheit eines Staates;
denn
1. durch Vereinigung des Verstandes aller
nach den Gesetzen der Ordnung der reinsten
Vernunft wird er – der weiseste Staat.
2. Durch Vereinigung des Willens aller nach
den Gesetzen der Ordnung der ewigen
Selbsttätigkeit – der mächtigste Staat.
3. Durch Vereinigung der Handlungen aller
nach den Gesetzen der ewigen Wirksamkeit –
der unüberwindlichste Staat.

Wie mehr sich ein Staat den ewigen Gesetzen
der Natur nähert, desto unüberwindlicher
wird er sein,
denn
1. Unveränderlichkeit,
2. Einigkeit und
3. Dauer
sind diesen ewigen Gesetzen eigen.

Der Mensch ist leicht zum Guten zu leiten,
wenn man sein Wesen studiert hat.
Er ist
1. ein denkendes,
2. ein wollendes,
3. ein fühlendes Wesen.

1. Verstand,
2. Wille,
3. Tätigkeit
sind seine inneren Bestandteile.

1. Begriffe leiten seinen Verstand.
2. Gefühle seinen Willen.
3. Empfindungen seine Handlung.

1. Sein Verstand hat ein Bedürfnis nach
Licht.
2. Sein Wille hat ein Bedürfnis nach
Wahrheit.
3. Seine Empfindung hat ein Bedürfnis
nach Schönheit und Regelmäßigkeit.

_____

Diese Bedürfnisse
dürfen im Menschen nicht unterdrückt,
sondern sie müssen nach den Gesetzen
der Ordnung geleitet werden,
nämlich
1. der Verstand zur Kenntnis Gottes und
der Natur.
2. Das Herz zu Gefühlen der Wahrheit.
3. Die Handlungen zu einer richtigen
Empfindung der Schönheit.

_____

1. Gott und die Natur müssen daher die
Seele der Gesetze sein –
2. der Monarch und der Priester die Mittel –
3. die innere und äußere Glückseligkeit
der Menschen – Zweck.
Diese Ordnung darf und kann nicht verkehrt
werden, ohne daß die traurigsten Folgen
daraus entspringen: denn hiervon hängen
1. Gleichheit,
2. Freiheit, und
3. Rechte des Menschen ab.

1. Gleichheit, die in gleichen Ansprüchen auf
Glückseligkeit nach den Gesetzen der
Ordnung besteht.
2. Freiheit, die in ungehinderter
Selbsttätigkeit nach den nämlichen Gesetzen
besteht.
3. Rechte des Menschen, bestehend in
gleichen Ansprüchen zur Verhinderung
unregelmäßiger Handlungen, die
unsere Glückseligkeit,
unsere Zufriedenheit, und
unser Vergnügen
stören können.

Wird diese Ordnung gestört, so entsteht
1. Ungleichheit – Uneinigkeit,
2. Zwang,
3. Unterdrückung – –
1. vom Einzelnen
2. von Familien
3. vom Ganzen
oder
1. Das erste erzeugt den Despotismus.
2. Das zweite die Aristokratie.
3. Das dritte die Anarchie – –
überall gestörte Ordnung, wo die Menschheit
Mittel, das Interesse des Mächtigern Zweck,
und sein Wille Gesetz wird.

Keine von diesen Verfassungen kann
bestehen, denn sie sind alle den Gesetzen der
Ordnung entgegen; nur die Monarchie allein
kann ewig dauern, wenn sie sich den Gesetzen
der Natur gemäß verhält und
ihrem Gesetze
ihrem Mittel und
ihrem Zwecke
getreu bleibt, diese Ordnung nie
untereinanderwirft, nie verkehrt.

Der Monarch hat
1. Krone,
2. Szepter, und
3. Thron.
Die Krone, die sein Haupt ziert,
und worin die Edelgesteine
Liebe,
Wahrheit und
Weisheit
sind, ist das Sinnbild des Gesetzes.

Der Szepter ist das Sinnbild, daß seine
Selbsttätigkeit niemals Gesetz,
Mittel und
Zweck
verkehren soll.
Dies zeigen die drei Teile des
Szepters an, als:
die Spitze,
die Mitte,
das Ende.
Güte,
Glückseligkeit und
Ordnung.
Der Thron, worauf er ruht, ist das Sinnbild der
Dauer, die unerschütterlich sein wird, wenn
die Gesetze der Ordnung nie verkehrt
werden.

Der Mensch ist ein inneres
und äußeres Wesen:

sein inneres Wesen macht
1. Verstand,
2. Wille,
3. Handlung.
Sein Äußeres macht sein
1. Denken,
2. Wollen,
3. Handeln.
Darin liegen die Kräfte der Menschenmasse.

Die Denkkraft leitet den Willen, der Wille die
Handlung. Die Ordnung fordert daher, daß
Verstand
Wille und
Handlung
nach den Gesetzen der Ordnung
geleitet werden.

Daraus entspringt
1. Gottesfurcht,
2. Sitten,
3. Tugend.
1. Gottesfurcht – in richtigen Begriffen
von dem ersten Prinzip.
2. Sitten – aus Übereinstimmung des
Willens mit den reinen Begriffen von Gott.
3. Tugend – durch Ausübung
der Gesetze der Ordnung.
Darin besteht
1. Religion,
2. Sittlichkeit,
3. Staatsverfassung.
Da der Mensch ein inneres und äußeres
Wesen ist, so verhalten sich auch
Religion,
Sittlichkeit oder geistige Verfassung,
Staatsverfassung oder weltliche
Regierung
nach dem Innern und Äußern.
Die Religion teilt sich
1. in den innern und äußern Kultus eines
Urwesens.
Die Sittlichkeit
2. in Theorie und Praktik.
Die Regierung
3. in die gesetzgebende und vollziehende
Gewalt.

170

Überall muß nach den Gesetzen der Ordnung
das Äußere mit dem Innern übereinstimmen –
alles muß dahin zielen,

1. den Verstand vom Vielfältigen zum
Einfachen
2. das Herz vom Äußern zum Innern,
3. die Handlung vom Materiellen zum
Geistigen zu leiten.

Geschieht dieses nicht, so entsteht

1. Irreligion,
2. Aberglaube,
3. Unglaube;

und diese erzeugen

1. Sittenlosigkeit,
2. Unwissenheit,
3. Gottesvergessenheit,

1. Vorurteile und Meinungen,
2. Irrtümer und Leidenschaften,
3. Verbrechen und Laster.

1. Rechthaberei und Disputiersucht,
2. Heuchelei und Fanatismus,
3. Freigeisterei und Menschenhaß.

Diesen Übeln muß vorgebeugt werden
durch
1. Unterricht,
2. Erziehung,
3. Beispiele.
1. Staatsunterricht,
2. häuslichen Unterricht,
3. Schulunterricht:
1. Staatserziehung,
2. häusliche Erziehung,
3. Schulerziehung;
1. Staatsbeispiele,
2. Volksbeispiele,
3. häusliche Beispiele – –
Alles muß zu einem Zwecke wirken,
1. Unterricht,
2. Wissenschaft,
3. Kunst.
1. Der Unterricht muß die Sittlichkeit zum
Gesetz, das Gute zum Zweck haben.
2. Die Wissenschaft das Gute zum Gesetz, das
Wahre zum Zweck.
3. Die Kunst das Wahre zum Gesetz, das
Schöne zum Zweck.

Hierdurch wird
der Verstand,
das Herz und
die Handlung
gebildet, und der Mensch
durch Unterricht zu reinen Begriffen,
durch Wissenschaft zu edlen Gefühlen,
durch Kunst zu schönen Empfindungen
geleitet. Denn

1. aus dem Verstande entspringt Gutes
und Böses.
2. Aus dem Willen Wahres und Falsches.
3. Aus der Handlung Häßliches und Schönes,
Ordentliches und Unordentliches.

Das erste macht oder stört unsere
Glückseligkeit.
Das zweite macht oder stört unsere
Zufriedenheit.
Das dritte fördert oder raubt uns unser
Vergnügen.

Wenn nach solchen Gesetzen der Einheit
regiert wird, so wird immer die Macht in den
Händen der Regierung sein, denn die Kraft ist
dort, wo Einheit ist, und wo Einheit ist,
ist nichts überwiegend.

Statt Eigendünkel und Meinung wird
Weisheit;
statt Vorurteilen und Irrtümern wird
Wahrheit;
statt Verbrechen und Laster werden
Sitten und Tugend herrschen.

Der Unterschied der Menschen wird bloß
in Tugend,
in Genie und
in Taten bestehen.

Der Mensch wird

1. nach Ordnung denken,
2. nach Ordnung wollen,
3. nach Ordnung handeln.

1. Die Vernunft wird ihm die Würde
seiner Existenz;
2. der Wille die Würde seiner Person;
und
3. die Handlung die Würde seines Standes
geben.

1. Die erste wird ihm Verehrung,
2. Die zweite Aneiferung.
3. Die dritte Nachahmung
verursachen und
die sittliche,
wissenschaftliche und
bürgerliche Ordnung
wird nach den Gesetzen der Einheit
jene Größe und Stärke erhalten, die außer ihr
nicht zu finden ist.

Macht,
Stärke und
Schönheit
werden das Eigentum
einer solchen Regierung sein:
denn in einer solchen Regierung
werden
Gott als das Gesetz,
die Natur als Mittel,
die Menschheit als Zweck
die Gegenstände
des Verstandes,
des Willens und
der Handlung sein.

1. Gleiche Menschenachtung wird als Gesetz
den Verstand aller –
2. Gleiche Liebe als Mittel, das Herz aller,
3. gleiches Interesse als Zweck die
Handlungen aller leiten.

Man wird gütig und
gerecht gegen alle Menschen sein,
wie es unser Vater im Himmel ist;
man wird erkennen, daß
gleiche Organe,
gleiche Gefühle,
gleiche Bedürfnisse
uns alle untereinander verbinden.

Gleiche Liebe,
gleiche Schätzung,
gleiches Interesse
wird daher im Reiche der Einheit die
Handlungen aller bestimmen.

Nun, sagte Aban zu Kosti, nun, Jüngling, ist es Zeit, die größte deiner Bestimmungen zu erfüllen. Du bist in die großen Geheimnisse der Natur eingeweiht; man hat dich in den Geheimnissen der Priesterwissenschaften unterrichtet und in der königlichen Kunst, die Menschen zu regieren.

Kehre nun zurück und nimm Besitz von deinem rechtmäßigen Erbteile, von dem Königreiche, das dir dein Vater hinterließ, und regiere dein Volk nach den Gesetzen der ewigen Ordnung. Ziehe hin, gerüstet mit den Waffen der Unsterblichkeit, und besiege die Feinde, die das Land in Besitz nahmen. Vertreibe sie aus ihrem Wohnsitz – baue das Heiligtum wieder auf, das sie entweihten, und regiere nach den ewigen Gesetzen Gottes und der Natur, und leite alles, was dir teuer ist, zum großen Zwecke der Glückseligkeit. – – –

Kosti erschien nun in seiner Heimat, und seine Feinde flohen vor ihm wie die Vögel der Nacht vor der aufgehenden Sonne, denn der Gottheit Schutz folgte ihm nach. Sein Antlitz verbreitete Furcht unter den Lasterhaften, und die Verbrecher waren entkräftet bei dem Anblick seiner Rüstung. Alles, was böse war, mied sein Land, denn die Bösen konnten den Blick der Tugend nicht ertragen.

Mit Tränen der Freude empfing ihn der alte Dahman, der zwar bald seine Tage beschloß, aber noch dem Himmel die Wonne dankte, die er an

Kosti erlebt hatte. Gamma besorgte als Priester das Innere des Staates und richtete es nach den Grundsätzen der inneren Ordnung ein. Kosti besorgte das Äußere als König und vereinte es so genau mit dem Innern, daß Gamma ein königlicher Priester und Kosti ein priesterlicher König war. Ihr Verstand, ihr Wille und ihre Handlungen waren eins und bildeten mit der reinsten Vernunft, dem Willen und der Selbsttätigkeit der Urkraft aller Kräfte nur eine Einheit. –

Ihr Glück war das Glück des Ganzen – ihre Zufriedenheit die Zufriedenheit aller – ihr Vergnügen das Vergnügen von jedem.

Meinungen, Vorurteile und Irrtümer waren aus der Gegend verbannt, wo Kosti und Gamma herrschten; Eintracht und Liebe schützten das Glück aller, und man nannte Kostis Regierung

die Regierung der Liebe
im Lande der Wahrheit.

Karl von Eckartshausen,

* 28. Juni 1752 in Haimhausen bei München
† 13. Mai 1803 in München

Johann Jakob Wirz
Lehren
der himmlischen
Weisheit

Der Schweizer Seidenzeugmacher Johann Jakob Wirz war
der Gründer einer ganz auf geistigen Gesetzen beruhen-
den neuen „Kirche", einer Art moderner Mysterienschule
Mitte des 19. Jahrhunderts. In der Nachfolge Jakob Böh-
mes und Friedrich Chr. Oetingers vollzog er selbst einen
Weg der „Selbsterstersterbung", der Opferung seines alten
Seins- und Bewußtseinszustandes, wodurch sich ihm das
Reich des lebendigen Geistes nicht nur visionär, sondern
auch real erschloß.

Von seinen Erfahrungen geben die „Lehren der himmli-
schen Weisheit" Kunde. Sie beschreiben in christlicher
Terminologie die Ordnung der geistigen Welt, berichtigen
einige grundsätzliche Irrtümer der großen religiösen Insti-
tutionen, stellen die Bedingungen des Weges dar, der zur
Wiedergeburt aus dem Geist und zum Leben im Geist
führt, und schildern schließlich die Signatur der Gegenwart als einer Endzeit, in der sich eine Scheidung der
Geister vollzieht.

Die einzelnen Stücke, teils als Antworten der Weisheit auf
Fragen des Verfassers, teils als Briefe deklariert, stammen
aus den Jahren 1840–1850 und geben Zeugnis von einer
unvergleichlich klaren, kompromißlosen und glaubens-
starken Persönlichkeit, stark in ihrer unerschütterlichen
Hinwendung zum Geist.

Dingfelder Verlag
Edition Argo

*232 Seiten, Leinen DM 32,– ISBN 3-926253-05-3
engl. Broschur DM 26,– ISBN 3-926253-04-5*

F. W. J. Schelling
Clara

Über den
Zusammenhang
der Natur
mit der
Geisterwelt

Der Autor, bekannt als Schöpfer einer Philosophie der Natur, der Mythologie und der Offenbarung in der 1. Hälfte des 19. Jahrhunderts, eröffnet in diesem nachgelassenen Fragment einen intuitiven Blick auf die Bestimmung der Menschheit, ihren gegenwärtigen disharmonischen Zustand, in dem das Äußere über das Innere dominiert, und die Möglichkeit einer harmonischen Wiederverbindung von Geist und Natur unter Leitung des Inneren.

Die Darstellung folgt dem Muster platonischer Dialoge, drei Gesprächskreise führen durch Herbst, Winter und Frühling, in der Natur und in der Entwicklung der Menschheit. Die Gesprächspartner sind Clara: die fragende Seele, ein Geistlicher und ein Arzt: die geistigen und natürlichen Erkenntniskräfte der Seele, die alle drei zusammen einen Erkenntnisprozeß vollziehen.

Autobiographischer Anlaß der Schrift ist der Tod von Schellings Frau. Der Tod ist denn auch der Ausgangspunkt der Gespräche; seine Ursache, Bedeutung und die Möglichkeit seiner Aufhebung werden untersucht, nachtodliche Zustände erörtert. Entscheidend aber ist die Wiederverbindung des Menschen mit dem Geist schon im Leben.

Die Schrift ist das Herzstück der Philosophie Schellings, literarisches Kunstwerk und gedankliche Arbeit in einem.

Dingfelder Verlag
Edition Argo

208 Seiten, Leinen DM 31,– ISBN 3-926253-03-7
engl. Broschur DM 25,– ISBN 3-926253-02-9

Christiane Sartori
In mich
ist eine Freiheit
eingewebt

Sinngedichte

Die Herausforderung des Menschen durch geistige Impulse aus einer unvergänglichen Welt, die ihn veranlassen, sein bisheriges Leben in seiner Fragwürdigkeit zu entlarven und eine radikale Kehrtwendung zu vollziehen, ist unabhängig von der Geschichte und immer, auch in der Gegenwart, möglich. In den Gedichten „In mich ist eine Freiheit eingewebt" spiegeln sich die Erfahrungen eines heutigen Menschen der mittleren Generation mit dieser Herausforderung.

Die Verfasserin stellt durch knapp 100 Textgebilde, die Holzschnitten und japanischen Haikus gleichen, mit Genauigkeit Konstellationen seelischer Kräfte, Erkenntnisse, Bewußtseinszustände dar, die, aneinandergereiht, die Stationen einer inneren Veränderung vom Zustand der „Knechtschaft" zum Zustand der „Freiheit" bilden.

Alle Gedichte sind Zeichen, aus denen die Kraft einer neuen Wirklichkeit spricht – mittelbar durch ihre Wirkung auf den Alltag: das Verhältnis von Frau und Mann, die gesellschaftliche Situation des Menschen – unmittelbar durch den Glanz, den diese Wirklichkeit in die Seele des Menschen vorauswirft.

Von zahllosen verzerrten, zweiflerischen, unernsten zeitgenössischen dichterischen Schöpfungen unterscheiden sich diese Sinngedichte wohltuend durch die klare Ruhe, mit der sie auf das allein Wichtige hinweisen.

Dingfelder Verlag
Edition Argo

224 Seiten, Leinen DM 29,80 ISBN 3-926253-07-X
engl. Broschur DM 23,90 ISBN 3-926253-06-1

Carl Gustav Carus
Über
Lebensmagnetismus
und über
die magischen
Wirkungen
überhaupt

Der Arzt, Künstler und Philosoph Carus, Freund Goethes, Schellings und Caspar David Friedrichs, spürt in diesem Buch systematisch und nüchtern den Phänomenen des Übersinnlichen nach. Im Unbewußten, den dem empirischen Verstand nicht zugänglichen Tiefenbereichen der Seele, liegen die Gesetze und Kräfte des Geistes, die alle Erscheinungen zu einem großen Organismus verbinden. Unter bestimmten Bedingungen können diese geistigen Gesetze bewußt werden und sich in Schöpfungen der Kunst, Wissenschaft und Religion beweisen.

Im Unbewußten liegen aber auch „lebensmagnetische", sympathetische und dämonische Kräfte, die bei Ausschaltung des Bewußtseins zu Hellsichtigkeit, Psychokinese und zahlreichen „magischen" Vorgängen führen können: es sind Bestandteile des natürlichen, nicht des geistigen Lebens.

Der Verfasser schätzt dabei jeweils die Möglichkeiten ab, die Kräfte des Unbewußten für Heilzwecke zu benutzen. Eine endgültige Möglichkeit der Heilung besteht nur, wenn die geistigen Kräfte durch Preisgabe jeder Eigenmächtigkeit wirksam werden.

Insgesamt eine übersichtliche Zusammenstellung und Beurteilung der „magischen" Erscheinungen.

272 Seiten, Leinen DM 33,– ISBN 3-926253-01-0
engl. Broschur DM 27,– ISBN 3-926253-00-2